*目次

架橋

架橋

Ⅱ

Ⅲ

浜田到作品集

凡例

一、短歌作品の表記ついては浜田到死後に刊行された『架橋』（白玉書房刊）の表記に従っている。ただし、明らかな誤植については適宜修正を施している。

一、歴史的仮名遣い、現代仮名遣いについて。短歌作品に関しては全て歴史的仮名遣いに統一した。『架橋』では若干の現代仮名遣いの混用が認められるが、今日の歴史的仮名遣いのルールに従った表記に改めた。『架橋』に収められる詩的文章、日記に関しては手を加えず『架橋』所収通りの表記とした（一部、明らかな誤記などは修正した）。浜田到死後に刊行された『浜田遺太郎詩集』所収の詩作品については歴史的仮名遣い、現代仮名遣いの混用がかなり見られる。今回収録するにあたって、それぞれの詩において総合的に判断し、歴史的仮名遣いと認められるものは歴史的仮名遣いに、現代仮名遣いと認められるものは現代仮名遣いに統一した。

一、現代の人権感覚に照らして不適切とされる表現が含まれるが、作者が故人であること、当時の時代背景を踏まえ原文のまま収録することにした。

架橋

頌《ほ》むるより
ほか知らざりし
ひと喪《な》くて
暁《あけ》には
森の髪
うごくかな

到

架橋

歌

〈螢光がともると、いつせいに壁から血がひいた。それは熱に透きとほるうすいまぶただつたのに。そのまぶたは、とほくにやすらふ蝶のけはひにさへ応へることができたのに。この愛のない病院には「夜」さへも来ないだらう。だのにその冬には眼も埋めてしまふほどの雪が来た。ぼくはしきりと花にも死者にもあるかすかな指紋についておもひふけつた。さう、その冬この病院から雪のやんだ空の向ふへひとつの声がきえていつた。その夜いつかぼくは声にからまる歌を書いてみたいと思つた。みとるぼくに、その声はうらぶれてせつなかつた。聞かうとするぼくに、その声はきえがてにさむかつた。だからたれもその歌を愛してはくれないだらう。まぎれもなく歌であるその歌はまた、まぎれもなく歌であるといふその理由から、たれの耳にでも拒まれるだらう。それでもいつかぼくは、その声を歌にしたいと思つた。〉

1

ああ
よるべのない慈愛
—あはい　ゆふひの中の
僅か許りの光
倫落よ
妹よ

2

血のつかれと
むなしく過ぎた春への嫌悪から
瞼がふかい考へにしづむとき
　(夕陽のなかに菫の回向は終つたか)
その長い縁で　ともに思ひしづむ
睫毛のひとときは美しかつたひと！

そこにも風はそよぐか
あやふく消えかかる輪廓と
ひとり遺された僕に　この冬の
夕ぐれの光は　余りに短かすぎるから
そして夜はあくまで長いから
ふかまる闇がかきつづける
この怖しく巨きな画の傍らで
僕は一体どうして
生きてゆけばいいのだらう

明日を生むため皆が
みんなの闇の底へかへつて往つたのに
ぼくには未だきこえてゐる
深い深い処からする咳！
あなたも仲々寐つかれないのですね
（あなたを不安にするほど　霊のたそがれ

霊のあけぼのは矢張りそんなに美しいものなのだらうか)
あなたは僕らより
もつと奥の奥
ほんたうの闇の中で
(其処は光よりあかるくて影さへない……)
あなたが地上の
昼と夜とに代へてまで
あんなに大切に
胸にしまひ通したものを
いま独りで確めてゐるのですね

雪の来る前　空も街も
いまにも泣き出しさうな
ひかりにただよふとき
冬ざれのあかるさのみに伴はれ
さらにとほくへ発つていつた声よ

「わたしは未だ　うつくしいものを思ふことが出来る！」と
あなたは闇に抗弁してゐるのですね
（過ぎてゆくじかんのなかには樹をのぼる水のきらめきのや
うに愕きをひろげる眩暈のしゆんかんもまじつてゐて）
時々あなたは緑の睫毛をちらつかせ
この世で考へ終せなかつたものの在所《ありか》を
僕に目くばせしてゐてくれるのですね
（声のとほくを　一夜一夜　歌は成れ）
しかし僕の非力さ
太陽をかたる言葉も
アハレミを告げる言葉も
まだもたぬ僕を　それでもあなたは
おゆるしになつてゐるのですね
〈めぐる「時」の奥をとべ
そここそ投げられた礫　沈む木の葉が
墜ちない鳥になれる唯一の空〉

その空に　還つてくる鳥を待ちつづける僕の
相変らずのバカさ加減を
あなたは　あなただけは
まじめにほほゑんでゐて下さるのですね

生きてゐるときも
あなたは生の中にゐなかつた
だのにあなたの中で生は
しづかに扉を開いた
「生きるとは　泥を涙でこねること　汗でそれを磨くこと」
さう思ふ僕に
いつまでも微笑んでゐて下さるあなたよ
あなたは生きのびて悲しい僕の心に
ぼくのもつ不在の影を一層
濃くして下さるだけで充分
ぼくも生きてゆくから――

僕の眼がしらで
「ここから見る空はやはり美しい」
と涙が
「わたしの流れる此処は土だ」
と汗が
いつか僕の額で囁く日まで
だからあなたも
僕のことなどかまはず
今夜はゆつくりお寐み

ああ　何んと素直な眠り
あなたは　早やぐつすり寐入つてしまひましたね
何んとおだやかな顔
あなたは　もう翳つた肺からも
すつかり癒つたのですね
そして夢の中で

誰かに甘えてゐますね
ああ　やすらかなあなたの
深部の寐息のする此処まで来て
僕は死んだあなたの眼に
涙のうかぶわけを知る

生とは衝動のうらを通つて
岬へゆくひそかな道
多彩の蔭の
きよらかな零落
あなたが　あなたへ還ることにより
ぼくが　ぼくへ
鳥が　鳥へ
水が　水のみなもとへ還れる道
そして風にないものが石に
手にないものが耳に

きこえはじめるまで
生よりも遠く
還りつづけねばならぬ道
それは何処まで行つても
よし巨いなるたたかひとはなつても
けつして争ひとはならぬ
道

だから　あなたは
あなたを通つて往け
あなたの廃園
その深い湖
火のまぶしい惑はしや
くらいよみがへりの梢を
つたはつてゆけ

もう
一切は　きこえず
一切は　うたはず
声のはての果て
つひに
歌にも
似なくなるまで

3

反歌―雪消《げ》によみがへる羽音はあの円周をさらにひろげる―

銃音も昏れてしまへるそら夜の鳥をたかきにたもつときさみしからまし

薔薇失神

この光線にあるのだろうか。
立派な一個の世界をわたしたちに
返してくれるほどのちからが？
果樹園45・R・M・リルケ

背さむきわが死を聴けり夕雲に立てば少女の反映も永く

榲桲《マルメロ》を文鎮となし書く挽歌蒼き暑熱の土にし消えむ

火の匂ひ、怒りと擦れあふ束の間の冬ふかくして少年期果つ

熟るるまじと決意する果実、雷の夜の固き芯めく少女とあり

炎天に黒きまばたきせしひとよ記憶のいまも慄ふ睫毛もつ

妹、その微睡の髪薫る日を血よりさみしきものかよふかな

尼僧帽俯向くとき冴ゆる妹に　十月の光に　吾あらがへり

噴くごとき妬心かすかになりゆきて吾の所有の裡にかへり来

にくしんの手空に見ゆかの昧き尖塔のうへに来む冬をまつ

母狂《ふ》れし黎明《よあけ》、すなはち昏き音樂のなかの日没いつ聴き終へむ
葉鶏頭《かまつか》の咲かねばならぬ季節来てしんじつは凛々《りり》と秘めねばならぬ
彷徨《さまよ》へる吾耳寒しきえがての声は少女のなかに消えいる
月光に衝たれし後にわがからだこはごはとさぐる——〈詩人たり得や？〉
口欠けし香水壜ひそと匂ふさへやさしき不幸は妻を酔はしむ
いたく夜都《よひ》会風に更けゆくを猫の眼をわがのぞかむとす

何ものの声辿りゐる吾か手のひらをこよひ螢の火をともし周《めぐ》る

翅あはせ蝶やすらふ墓を母として妻さびゆくは合掌に肖《に》つ

蘂より褪せつつながき夕映、担はれて薔薇の入りゆく「夜」を信ず

亡母《はは》の汗吾に乾《ひ》きゆくうるはしき午前といへど果樹戦《そよ》ぎしのみ

悲しみのはつか遺りし彼方、水蜜桃《すいみつ》の夜の半球を亡母《はは》と啜れり

死せし夏地平をつくる夜しづかなる指導《つた》ひゆけ吾のみの蟻

美しき崖ともなれや寒き婚せしがはれやかに吾等に嗣子なし

花火みし眼、空に残して眠りおつれば妻にも吾にも齢《よはひ》は蒼し

祝ひつつ妻よ来しみち秋はせめて喪せゆく汝《なれ》に耳立ててゐむ

血縁をたしかむる如きゆふべ迫り妻の手よりうく寒卵掌に

焰より恢《よみがへ》りゆく蠟燭ひたぶるに悲しめばみゆ此《こ》はたれの頬

万雷は寒卵にひびきしのみに昏みくる胸の奥にして暁《さと》り来よ

落葉の森に異様のふるへありきまりし星を樹々削りゐて

祈禱書をしづかに閉ざす如くして吾眼あかしむ秋の宙の中

晩年とあつき禱りあれひそかにも土はかげろふとなりて炎《も》ゆ

［ノート］　※……よ、私の内部にあつて、あなたはそんなに弱いのだろうか?夜ふけて私が、ひしと敵に鎧わねばならぬ程に。だが私は求める。その闇の中でなら美しく死んでゆける、安堵して発つてゆける、そんな闇を、昼にも私はわたしの裡に求めつづける。果しない自分だと信じ、そこにこそあなたが秘そまつているのだと信じて。ある日、心を尽くして人が死ねば、それだけが遺るのだつた。手ではなく、手に載せられていたもの、そこには何もないのに、時として掌にあまるほど…と

吾等に感じさせてくれたあるもの。そんな私の周りで、無言の物たちも結局は私と同じ闇、同じ沈黙に根づきながら生きているのだつた。それは眼にきこえる声だつたので、私はわたしをしずかにするために、限りなく孤独を護ろうと努めた。みえるという事が何になろう、みる事だけで足りるのだ。いまの私は不思議な気化のみを見ようと欲する―お前の肩越しに、おまえにあつて、お前にないものを見たいと。差別や運命や所有の肩越しに、それは如何に禱られていることか。美しくなるよう！　世界となるよう！……ひとつの鮮明な陶酔のようにも。

　内部を視つめている眼、それは渇きの中に開かれた眼だ。そんな闇の中で、生きて私に働くちからの存在のわかる日まで、私はじつと耐えていよう。その様にして、そのちからも亦、私の眼の届くのを待つているのだから。さまよう分身よ。若し予感に満ちたあの空間で、かなしみから、みえない手を握り交すことがないとしたら（両手は垂れた石のまま！）私たちにとり、生とは何なのか。

光の繭
（母 三 章）

……よく見られた世界は
愛のなかで栄えたいと希う……
―R・M・リルケ「後期詩集」より―

I

棺に花撒きし夏、それからの少年にして昼顔愛す

桑畑の炎昼のくらさ・あかるさに籠りて少年鎌研ぐ日々

いくたびか盲ひし心かがやけり炎の梶棒ひきて日は歿る

野にながく落日の的《まと》となりゐし頰《ほ》、遥かなる紅色《くれなゐ》は母有《も》てりき

ひるがほに白昼の韻《ひび》きほろぶとも（苦悩は微笑にも孵《かへ》さるる）

すべなくて蓬髪の樹に凭《よ》れりはろけき虚妄を繁らむため

かげろふの粒々の白き卵、ランプあれば産みき少年は言葉を

美しき声より孤児となりゆきし少女なるべしいま秋立つ

花の動悸押花にせむ遺《のこ》されし短き言葉と短き夏と

禱られてゐること誰も知らざれば更にやさしく日没終る

Ⅱ

桶水の眩しき反射はこぶべくは母に昧爽《よあけ》の坂はじまるや

掌底《たなそこ》によあけしことなき夜のありその色に馴るる秋風の中

ゆふひ、空を射すとき透く家に絲繰る音母を巻きをり

夜半ひかる繭屑風にちらしつつ何ほどのものか我れに散りゐぬ

星の光《て》りいづるとき微熱きざす母、斯くはほてりし室つくりつつ病めり

はつなつへ煽風機の翼ひらきひと死にたまふべき光線《ひかり》とはなりぬ

睫毛曉《あ》けうすひかる繭を母は翔《た》つ　〈死、すなはちこの不可視なる生〉

柩捧《も》てば頌歌あふれ出づるごとき母の不思議を葬らむとす

旱天にはや苦汁きらめくこともなきひとの永眠《ねむり》といふを抱けり

まなこ閉ぢてこころ俄かに富まざれど母はつひに墜ちざる鳥

III

裸木の夕焼空にふるるあたり何んのうれひか熟れゐるごとし

炎昼の星らちりばめ始めての暈《めまひ》ひらきしか母おとろふと

風にうごく窓は閉ぢ忘れられし思考にて深夜の黒き蝶の形せり

群衆を奪ひ去られし春夜の駅あへぎあへぎ昇る水銀柱あり

かりそめに泪うかび来て仮初《かりそめ》に微笑みうかべしのみの女《ひと》なれ

父の額なぐさむるものを今は知らずさびしや田園にランプ炎《ひ》を裂く

周りあをき雪となりつつ電球の芯なす恍惚、夜となれば射ちたし

電光を地の街もやし聖夜沸くに昇降機しづかに騰る裡の一人

こよひ雪片ほどに天よりほぐれ落ちて来る死者の音信「ヒカリトアソベ」

寒ゆふべ丘にて映ゆる村のありひたすら遠き收穫のごと

母と少年の火のオード

……善意を、あらゆるものの沈黙する
果しない地方を、探りたいと思うのだ。
「カリグラム」より・アポリネール

勝ちがたし屈しがたし英語よむ少年眸《まみ》をもやしゐぬ雪に
日没の終《つひ》の光もとほさねば胃の腑の中にてひもじさ石となれ
かつかつと戰ふは憂し蟷螂の勝ちしをのせ地のかくまで焦ぐる
黄昏の陽の蔭にして振る旗もなければ夕月などがひかりてをりぬ

すでにかぐはし、内部なる何か焼かれなにか遺れる灰の中の母ひろへば
改装を終りし町に月消えて少年より罪のはなれゆく幻影
母焼かるあかき時間に滴りの乳きらめかすは火のすべてならむ
人形にのみ水晶の瞳《め》あり寒冴えし睫毛を植うるひとひたに恋ふ
微笑みのかき消えし町ほほゑみて母あゆみこむ五月祭、一人にて
夜の音盤一周一周喪ひつひろがる圏《わ》よたましひの影よ

かまど凍つる夜のひきあけ目ざめゐて炎《ひ》の揺らす額いつ忘れむか

黄昏に

―捧ぐ　戰中永眠せる少女Yへ―

何もないと言うな
岩の中には　一羽の鳥がいる

高野喜久雄

※　※　※

軽き恋あふるる空に石のごと灼けし陽のありそれすら持たず

日没の炭化しゆく街に放つ★★★一電光の一黒蝶

星々に夏のしみづの光わく微熱によごれしタオル絞れば

逆光の扉《どあ》にうかび少女立たばひとつの黄昏が満たされゆかむ

風景の凹凸もやがて乾きしころともし火を享くる人間の鼻

※
※
※

空まさをき樹の長身仰ぐにも豫め失はれてありたるひとか

まかがよふ月の下なにもあらざれば汝が冷たさを吾はまさぐる
点燈《とも》さざる裸身の柱へうべうと五月《さつき》の空に匂ひはつかあり
晩夏、鉄筋組むと下部邃く掘らる。暗きためらひの如し
ふかぶかと閉ざせし鎧戸ひとなべていかなる言葉の影に眠るや

※　※　※

蟲を灼き恍《ほ》けし手、少年の日にもてり今日ながながと日没に垂らす

車輪の軌み…喊声…雪…きこえつつ雪たえいらば何をし聴かむ
火屋のなか煤みごもれる黒き芯、果敢《はかな》しや大戰を透かせば点る
酷薄な花の秩序にしたがひて喪《な》きひと開くなほ一日を
万飾の巷《まち》無一物、ゆるし乞ふべくは冠毛の微光きゆる野へ
黄昏を搾《しめ》木したたり終ゆる音、まことほのかに〈生の出口〉よ
寝台のみ黒くのこして降る雪のこよひの悲哀に長き階あり

本の上よぎる鳥影われはよみ憐み掠むる言葉をも読む
月光の色よみがへる未来よりしづかなるとき町へ少女きこえをり

※　※　※

薄明の蝙蝠傘《かうもり》をひらき待つ男　街にて無表情が美しかりぬ
骸《むくろ》ぬぎ飛翔のみとなりし夜の鶫、燐寸を擦ればその〈死〉うごくも
瞠《みひら》ける死魚の眼と永遠に〈権利〉めざめゐむを夜の砂の雨

花の中に蘂みじろぎて吾の中のひと振向くは暁《あけ》の落日

音盤の真上そそりたつ虚しさを昇りゆくうた楡の樹下に聴けり

※　※　※

〈たえず良心が夢を喰荒すのです〉…枯野のうへを漂ふ一行《ぎやう》

秋天の切なさ　とほき晴間にて鴉の黒き翼《はね》およぐなれ

時間に富む青年の傍らこの椅子の脚つかれしめ我れは老ゆべし

ゆふぐれの紫陽花の上にかさなりて担ふ手もなき愛おもりゆく

夜半の燈をしづかに支へゐるものの何なりや死者の苦役も永し

憐憫詩篇

窓に木星かすかに光る服ぬぎて背の銃痕たちまち寒し

岩の間にひつそりと粗き塩かわき錨地を変ふる艦ありにけり

野兎の皮・小鳥の屍凍つるまで父に無頼の冬をはらず

耳の少年土より剝がれ昇らむとす夕陽へつめたき風吸はれゆけば

秋にはちから竭きてうたふ詩もあり夜のひきあけ吾を吸ひし蚊よ

火と樹と町の歌

硝子ひかり街には街の旗ありき暮れてはあをき空がこばまむ

空のなかに頭《あたま》しまはれて眠る樹を翼荒れたる鳥が啄くべし

銀把手《ノッブ》非情にひかる扉《ドア》のまへおそろしき恋にわがめぐり遭ふ

復活《よみがへり》信ぜざるべし雪を啜りひつそりと黒く貨車ら眠れり

大空に星たちを残しはたらくとも愛は小さし芥子粒ほどに

冬の固き火花つくらむため石工によごれし町ありいたき風あり

風邪の眼に熱たたたへゐる青年にのみ見えて涙あふれゆく真日

ひとつづつ星に火がつき来し夜と貧区の夜とおもき瞼と

土曜日。こがらしに地下のみ冴えそこに暗き翼《はね》憩めたし

火を含む山とうめいに来し秋の野稗《のびえ》のふるへ、今戰争《いくさ》なし

つめたき夜をはたらきて来し盲人に嗅がれつつをり微笑の果《はて》

星は血を眼は空をめぐりゆく美しき眩暈のなかに百舌飼はむ

憔悴のはな咲くは美《は》し町に雪降りくらむときひらく蝙蝠傘《かうもり》

空の畝に麥熟れしめし火の如き睡りの果てに少年目をあく

暗き機《はた》に母昏睡かくてのち光めくもの地に刈られ果つ

薔薇ひらく慄へともなり生きゆかむなき母のため韻律のため

白昼の星のひかりにのみ開く扉《ドア》、天使住居街に夏こもるかな

ゆたかにて貧しき生われは欲り触れ合はしをり寒き目と耳

ひとりなる時みじめにて十全の夕映童子の唇《くち》恋ひにけり

小さな聖者

物をして不壊たらしめること、すなわち在らしめることこそ、わたしを詩へ駆るちからであり、同時に自己の深みから「小さな聖者」をつかみ出して来る迄の克己の過程にほかならない。わたしにとつて、人間は飽くまでも快樂や権力への存

在であるよりも先に、死への存在であることをやめない。それは逆に、生の深部を生きることであり、肉体の組成の起源を土と水と大気に有する宇宙の一断片として、現象の奥にあるもつと生命力に富んだ或るものと結ばれることでもある。この絶対者のヴイジヨンを前に、詩人が傲慢であつていい理由など何処にもない。あの死に満たされて暗い「巴里の手紙」の中でリルケは「生は君を忘れずしつかりと把え、決して取落しはしないでしよう」と書いているが、何処までもが生であるという予感こそ、わたしの死に賭けるおそろしさの一切であり、また眼に見えぬ心的エネルギー・慄える空気の形象として「宇宙の振動と亢奮」の悠久のなかに加わり得る、唯一つの原動力でもある。

婚姻

わきたつ風の血管に
血しほの流れが迅くなるとき……
ポール・エリュアール

※

ゆふぐれの微光ただよふ美しき町すぢは往くに誰にも消《に》たくなし

I

扉《どあ》抜くる風の蝶となるけはひあり夕陽けむらふ室に盲ひつ

少女白く喪失《うしなひ》にみちてかがよへば十月の婚の祝はれにけり

乳歯欠けしひとつひとつ梁へ抛げ伸びまどふ子を遺《のこ》す日もなく

瓶つぼの脚剪られし花と夜に昼にむなしきへ開きゆく刻《とき》ふるふ

夕闇の誰もかけゐぬ椅子をへだて睡《まどろ》めば茫《とほ》くつまも悴《や》みゐる

月桂冠ひとつだも得ず過ぐる生に厳冬《まふゆ》なれば聞ゆ皿あらふ音

わが肉につまの膝痕《ひざあと》つきをらむ跪きてを永き禱りとおもふ

罌粟を吹くかすかな風に瞠《みひら》きゐつ　「狂気なかりせば生も澄むまじ」

日々の汗きらめける夏おもほえばつめたき針を魚のみてゐぬ

ひしめきの雪炎のごと妻の頬《ほ》にのぼれる晨《あさ》を劫初とせむ

Ⅱ

「時禱詩集」売り天の休暇ぎらつくのみの夏とはなりて建物《ビル》哄笑す

炎昼の町ぎらぎらと刺さりたる棘のほかには燃ゆるものなし

太陽のあでやかな肩の隆起にて何に驕れる町を統ぶるや

木の十字に苦しみて消えし長き炎《ほ》のほてり煽りて夜の風は過ぐ

向日葵の焦げし花冠を風洗ひをり勇士還り来りしごとく

若者の痛みを娶る夜《よひ》なるべし万穀祭の蠟火ゆれつつ

額《ぬか》に怒りの捲毛、手に柔《やは》き蔓もつ者のため蒼き昧爽《よあけ》あり

彼の丘に五月には墓も炎《も》えたたむ蜜の光りを風あふれゆき

空の未だ醒《さ》めざる部分に喚ばれをり曙《あけ》すりあはせ顫ふ唖蟬

Ⅲ

銀三十デナリ赤き炎《ひ》にかぞへし者の裔にさむき点燈の刻迫るかな

貴族にもたえて逅《あ》はざる鋪道、鶏頭の　火に婚《あ》はむ季節邃むを

火山灰《よな》熄まず刑おもりゆく町々か寺院の如く声をのむ枝

冬海に餌あさる鳥ちらばひて母まつさをな夕餉つくりあぐ

美しく樹液蒸発、鉛筆のごとき尖りを母狂《ふ》れゆきし

空は莫《な》し　一本のスタンド傾ぎつつ火影ゆるがす下に眠らむ

痼疾《ながやみ》の両眼を疚《や》む少女ゐて月光のときその細路《ほそぢ》なやむも

柑橘倉庫に傷つきやすき肺萎《や》めゐし青年と吸ふゆふひ、ははなど

医師一人《ひとり》一微笑に通暁しゆくのみの秋と血の色おなじ

※

昧《くら》きより百の病巣に雪ふりていのりにはひる千の屋根みゆ

田園

—父と母の魂を鎮める歌—
もしもただ一度完全に静かになつたら、……
（ほほゑみ一つの間だけ）あなたを所有するでせう、
時禱詩集より　R・M・リルケ

暗い鏡のなかひえびえと鐘の音ひらく家、野に満つ

嘴《くち》に藁、季節はそらをかへり来ぬ温めむとして手にするものら

詩涸れし一日葡萄搾る母に地底のごとき滴りきけり

目を瞑《と》ざしひそかに悲哀育つるや秋陽にうすきまぶた父保《も》つ

夕映ゆる畦田の土みつつをり見まもらざれば微笑さへや枯れゆく

たてがみが最も昏くみゆるまで夏の地平に裸馬聳《た》てりき

眩暈のつめたく竦《すく》み立つ老父　野にのみ夏は大いさ拡げむ

農婦　母窮死すれば本の一字々々穀一粒々々の玥《あか》さに蘇《かへ》るも

孜々として蟬鳴けりかがやける苦しみのほか地に位冠なし
田園のみじかき晴れ間ひざほそめ微笑みもらすは嗚咽にちかし
すがた凪ぎの空に変へゆく農夫の死　帆のごとき耳薄光りつつ
顔もなき淋しさ・空辷る船それら重なり合ふ夜の色硝子
やさしさの瞳《め》をされば何も見えずなり秘密の森に少女うらぶる
とほき日にわが喪ひし一滴が少年の眼にて世界の如し

冬もいなづま傷つくるそら愛しやすく少年渇けば樹に雪ふれり

夜の樅を裂くもの一瞬の雷にして天より手を放しゆくは悲し

ひらひらの禱り加ふるけはひして薔薇ひらき果つる暁《あけ》に狂れしめ

底を貫《ぬ》きあらたな底に至れてふ叫びしたたかに来る秋はひとつ

秋呼びて空へきえいる橅の木末われを言葉の水のぼるものを

薄明の葉片となり散りゐたりきまりし星を樹々削りゐて

慄へ！すみやかにひろがる眼の空を脱けて一羽の飛翔熟れをり

道のべの何にてもなき思ひ反芻す牛の胎にて「時」は地に余りゆかむ

その夕昏れ木柵をかくすほどの地靄わき喪の中をあゆむ歓喜を知れり

春の部屋地平取り巻く夜となれば亡母《はは》より大きく燭の炎《ひ》ゆるる

つひに何ごとも勃《おこ》らざりし夜なれど月は上りきて光《て》らす五本の指

神々の噂も絶えし裏町の日ざしあつめて象踊りゐつ

寡黙なる愛なりしかな精霊色せる硝子街につぶす苺を

微笑みのあかるむ磴道　わが死にし眼を閉ざしくれむ手よ見ゆ

花にもひとにも雌雄あることのかすかになりてこの雪の風媒

さはやかなランプに翳す雪の夜のこの手の匂ひ誰のものか知らず

陰画

僕は実に永いあいだ光の何たるかを知らされぬ
僕はひとりくらやみの何たるかを学ぶ

生の蘂《しべ》いづこに開く秋の午の荒地の肌へなまめきわたる
噴水の尖《さき》吸ひゐる青年より醒《さ》めて陰画の市街乾き果つ
夕映えを永く支へてゐる腕見え寡婦慄へておろす目蓋《まぶた》を
病菌にしきりと肺を喰まれつつ帰郷に似たる思ひと逅《あ》へり

さわがしき我れへの復讐終れりと空洞像はただうす蒼し

何処か遠き場末の方にて砕けゐるガラスの木の葉誰が聴きしか

一日のやさしき労《つか》れ女らにのみ昇天あらむ厨燈消して

十月悲喜脈絡もなくわれを訪ひ渦紋の扉《どあ》に瞠《みひら》く　孤り

この巷の核なす不幸　夜の桃の雫ぬらして指よみがへる

空洞を星の如くに大事がり少年らねむる夜の市立病院

うつろなる樵夫の背とならぶ病床《ベツト》　椎林しづけき結実《みのり》に入らむ

小鳥撃ち空に血にじます銃声の樹に架かり消え聖し十二月

誰《た》が惘み古外套に日曜をまとへばひそかに陽の重みあり

行き逢ふに星の擦るる音のあればよし一人のわれにひとりの我れが

くれなゐのネツカチーフ靡けり　暁《あけ》むごき刻《とき》仮象の町に

瞼《リーデルン》

水飼場まみづの匂ひくらやみに牛・馬らのみ聖家族なす

目翳《まかげ》してとらふる彼方しんかんと地に植ゑられし工夫らの夏

ちひさき灯、生の表面《おもて》へのぞかせつ秋おもむろに果實店熟る

哀しみは極まりの果て安息に入ると封筒のなかほの明し

暗き鱒はしるが如く街區来て沁む光あり地を吸へる蟻

亡き母よ嵐のきたる前にしてすみ透りゆくこの葉は何

電柱の片側赤く陽の沁みてわが立つる聲氷雨に似たり

死にし母に下半身無しそれからの椅子に吾の坐睡ふかまる

微笑みを拒まれし者突立つを小鳥をまじへ秋の雲過ぐ

驟雨去りぬれし睫毛むらさきに吾らに受洗のしるし束の間

夕方の淋しき発熱うべなはむ街上とほく鐘とどきゆき

夕映を擴げゆく鐘と母夭死ほの昏きものは持てり未来を

あたへられし切れ長き眼を少女知らずしらず閉ぢゐる午後の刻やさし

幾片《いくひら》の顫へよりなる薔薇ほぐされしづかに冬の醫者となりゆく

花火師の指の慄へ診るひるの玻璃の光を美しみにけり

瞳《め》のみとなり病みゐし少女永眠《ねむ》るべく瞳を閉ざしたる夜を歸るも

脈細り少女ほろびしかば春の硝子にも映らずなりて吾につれそへり

紋白蝶死にし少女のなか漂ふにゆふひの蘂を僧院かかぐ

頌《ほ》むるよりほか知らざりしひと喪《な》くて暁《あけ》には森の髪うごくかな

石の街に微笑みにじませ一滴の油彩のごとき短き生すぎぬ

赤土山《はにやま》に日毎の雲は透りきて何ものか頰を削り去りゆく

今も誰か磔られ続くる幻影の内がは赤く杉の穗枯るる

群れなして淨まることのなき者に柘榴寡默を果粒《つぶ》にせり

死にし眼をひらきて鳥は見上げゐぬ〈無力なりとも楡は空をささふ〉

瞼《リーデルン》―妻のそのながき縁《ふち》光《て》る毎に惠まれざりしは斯くもうれしく
美しき容消えゆく時間《とき》に棲み手、昏れいくども手、昏れ隠る
誰れの祝禱うけゐるわれか哀しみを呉れたるひとをも忘れ果つれば
瓦斯にほふ病廊のおびえ夜は沈めわが血の中を少女とほれり
地下の聲アネモネに開きひとりをれり小さき炎せりのぼるごと
まだ昏き咽喉《のど》へひとつの卵流しわが孵る空ひろがるを待つ

硝子街

貧しきを鎧ひし片頬《ほ》ひえびえと海洗ふ日に少年火の如し

水平に午睡の町　噴水と少女と抽《ぬ》きんで陽に競《せ》りあへり

刻々に睫毛蘂《しべ》なす少女の生《せい》、夏ゆくと脈こめかみにうつ

少女の眼に一滴の水溜宿りしを向ふへ漕ぎゐるひとに名付けよ

咽喉の奥蒼くてらせる稲妻へ少女の纖い躰閉ぢらる

森にひびく美しき声もちしゆゑ召使《めしつか》はれつつ母は実《みの》りき
蝙蝠傘《かうもり》に年ごと母しろかりき夏あらはるる病ひのごとく
森に雪ふれば〈在る〉ことの罪あざやかな夜を眠りをはりたし
いつしかに母匂ふ方へと向きてゐしわが足跡の黒くのこれり
うつくしく喪せゆく「今」を一度二度古外套の釦まさぐる
墓地の空流れてゆける夜の雲に白き手套をひとはめをへぬ

星たちの言葉の林に眠りおち夜明けには拾ふ夥しき鳥

ほの昏き體温の海漕ぎはじむかすかな星にまじり医者ゐぬ

黒揚羽しづかに水を離るると陽の若者にひらく肩胛骨

銃聲のくらき抛物線しづむ空を撃たれしものは昇りはじめむ

身も青む一秒の宙死を得べき樹はちかづけり雷の眞下に

死火山の上おそひくる夜を臨み不在の椅子のうつくしさ知れり

陽の下にうつしみ削る父の影尖れるかぎり屑穂光りて

大いなる不幸を我れもねだりたし太陽の街に物乞ふ手のひら

鶏を割《さ》く父の記憶滴りて逸樂はあり赤き臟腑と

汝が脈にわが脈まじり搏つことも我れの死後にてあらむか妻よ

棘《とげ》あればその棘までも光《て》らしをり月のひかりは虚しきに似ぬ

群りて黄菊の咲けるとうめいに短き杭がひどく抗争す

大空に山肌昏るる色となり翅なきものら翅を擴ぐる

ほのぐらき靴の中にして近づき行けば太陽のみが居たり父の死ぬ村

ふと山が姿を消してあゆむ時に従へり獣らと夜の家族と

この町に敗れてゆくにあらざれど鶏頭がしきりに朱《あか》かりにけり

硝子街に睫毛睫毛のまばたけりこのままにして霜は降りこよ

恋ほしも老司祭のねむり消しわすれたる一房の燈火しらず熟れゐつ

遠雲雀さらに高きへ火移すを日没はかがやかす〈死こそ入口〉

架　橋

I

ふとわれの掌《て》さへとり落す如き夕刻に高き架橋をわたりはじめぬ

耳と夕焼わが内部にて相寄りつしづかに鰭《ひれ》ふるこの空盡きず

眼裏のなほ深き天へ擴がれる瞳孔《め》こうべをはれば喪となりぬ

天、彼にたまひし時間二十年おそれなき雲墓に湧きをり

春ちかき柱にもたれそのままに夕映えゆきし無臭のひとよ

ひたぶるに吾を瞶《みつ》めしいまはの眼見終らざりしが閉ぢられゆけり

くらがりに觸れしミモザの一葉にてすべもなく夜ふかき應《いら》へ手にくる

ひそかなる罪のけはひに塗られつつ立ちし一基の墓おもひみむ

蠓《まくなぎ》のよわき陽ざしを喰む頃かこの淋しさに飾られをりぬ

死に際を思ひてありし一日のたとへば天體のごとき量感もてり

にんげんに微熱出てをりさびしきさびしき谷間と思ふ

植ゑし手すでになき杉らおもひおもひに年輪をつくり手へ投げてをり

地上逐はれし者さみしくて空のふかみに電工育ちゆく

喪ひしものに夜は充つ病廊に耳にてながく立つことに堪へず

こんこんと外輪山が眠りをり死者よりも遠くに上りくる月

Ⅱ

崖の血の増減しをり父の冬帽あみだなれども野にまぎれず

曇天のくもり聳ゆる大空に柘榴を割るは何んの力ぞ

天道蟲に晴曇の斑《ふ》　みづからを攀づるが如くきたりて中年

百粒の黒蟻をたたく雨を見ぬ暴力がまだうつくしかりし日に

鹽のごと秋風沁みし日を歸りわづかばかりの言葉をもてり

遙かなる錐のごとし雑沓に盲兵ひとり杖を聴きゐき

掌の冴えて一瞬の雷くだかるる吊皮あをきゆふべ揺りゐつ

窓に山火事にほふ夜を寒み互《かた》みに美しき舌ひらめかす

わが眠り地をねむらしめゆく時のただひたすらに眦《まなじり》ながき

みづからを愛し得ざりし一人にて月の下びの肺びやうの我れ

稲妻に白き壺あれば愕然とわれは目ざむる死に消《に》たる室

窓に向き死にてをりにき一瞬もとどろきやまぬ町音の中

今は静か海目にあればとほくより心訪ひくるひとの跫音

陽の中のゆらりと赤い芯太めさかしまに鶏《とり》散華しゐたり

嗅ぎあてし一片の神さはやかな地に臥して開く犬の耳

Ⅲ

戸口戸口あぢさゐ満てりふさふさと貧の序列を陽に消さむため

母の死のとほきそらより溢れくるひかり擾さず書架とをりにき

山羊の白さ視野の片へにひそかにて吾に母なき一と日深むも

蜘蛛の巣にひそひそ六月はじまれば彼《か》の夜の亡母《はは》に遭《あ》ふかもしれず

おびただしき蝙蝠を吐き街にしづむ小さき窓にまた雨は沈む

藍うすき夏の手向けの花もちて白日の亡母《はは》へ歸りゆくなり

あなたとの對話よりしづかに聲だけを消せば海湛へくる空間があり

炎《ひ》のうしろにあなたは隠れゐたまふにときをり言葉の擦るる音す

ゆるぎなき安堵といふもうすら寒しははの墓には母匂ひたまふ

乏しかる語彙をまもりて明かす夜のちりぢりに蒼き凍明《しみあか》りなり

紺の雪古外套を着て行けば死後のしづけさにゆき着く如し

白く死者の二本の反歯うかびきて柘榴嚙みゐるは告げがたかりき

眠りうすき寡婦へ薬剤《あは》せをりまこと小さき灯暈の中

指を漏る何ものもなし幾萬の母らの裡に雪おもき夜

孤り聴く〈北〉てふ言葉としつきの繁みの中に母のごとしも

IV

葡萄蔓空に泳げばゆふひ色の少女の嘘に見惚《と》れてありぬ

小《ち》さき瞳のちひささ瞠《ひら》く少女ゐておほき灯の輪に母あふれしむ

制服に装ひふかむとも少女貧し空の紺青に校舎仕へて

野に放つみづからの聲いぶかしみ少年奔るこゑの涯《はて》まで

鵙へ童児《わらべ》ら語る言葉聚《あつま》りゆき美しき風は露地渡るかな

陽に愛されし記憶土工にありや掘り終へて穴くらぐらと暮色抛《な》げこまる

炎帝に鐵骨從へ降《くだ》りくる青年雲も曳きゐたり朱に

歿銑工いまも打つとき火花奔《は》すや闇穿《とほ》しきて天に星炎《も》ゆ

肋骨《あばら》浮く胸も加はり組みをへし鐵骨を埋めて夜の館榮《いへさか》ゆ

甜りあふ栗鼠の傷口、風のなかの蝶の重心　森にて森のもの光るかな

はなひらより櫻散りはじむ人つねに微笑より気化、さいはてに向き

わが顔が音なく潜りわが前に浮びあがるまでの間にある海よ

不幸が帽子のごと似あふ妻となり街にはガラスの破片撒かれゐき

四つ辻にちちろのほどの樂《がく》おこり少女の嘘の孵りゆくゆふべ

首ながき少女がいかに瀆《みつ》むとも陽を失へる街の紫色《むらさき》

星の鋲

水族館に灯が點りをり醫者の耳に人生れ人死にやまず

いつの日も暮色はビルを攀ぢりゆき微光のあをき空に甦るる

藁色の尿、火にかざし微濁すれば初診の農夫と頒《わか》つ寒夜を

麥燒かるるに少年の鼻となり往診すこの貧しき宙に　〈神を試みるな〉

磨かれし銃身の如き病臥青年に焦點されつつ鷹の輪澄めり

個室に眠り虐げゐむ青年、 義肢組み交すとき鳴れり

わが患者靴工死ねば梅雨空に瘦せし木型の月捨てられをり

春光《しゆんくわう》のなか置かれたる水晶ににくしんの手は映ると思ふ

炎日の雲々溶くる仰臥椅子日もすがら空に母と別るる

收穫の野に立ちし農夫短炎なす上のみにて火屋《ほや》なせる空

石灰質の固き蝶となり妹の嫁ぎゆきしが冴えて冴えてならぬ

本線に青年機関士焚き夜に入れば暈《めま》ひくだきて焚きつつ美し

天井薔薇色に焚火の男生《あ》るるとき深夜校舎に使丁を愛す

噴水に鼓膜なき少年と居て夜の刻《とき》大き石皿に水あふれゆけり

冬傾かしむる地軸の上に睡りつつ夜癒えゆくは星に韻《ひび》かむ

白晝の星をふるはせ鋲打てり蒼天《そら》に鉄の匂ひのほか知らず

一本の避雷針が立ちじりじりと夕焼の街は意志もちはじむ

ひえの穂と少年の影と飲みほせし墓に日暮れの風立ちにけり

円の影

円の影

円天をつたひ降りくる目蓋にかくされてゆく眼球がある
空は菫色の火屋ぼくは太陽の中に赤い芯をほそめる
組み合へる光と影が解けてゆきこはれた木が一本黒い
夕陽へつめたい風が吸はれゆけば耳で立つてゐる僕のほのじろい円

どこでも円らな瞳が閉ぢられる時だ空の大きな円だけをのこし
音盤のスヂたどりながら針の下にひろがる円よいのちの影よ
円を円を歌のひろがりここへ今そつと一滴死者を落さう
天と海のあひだ細き糸らちぎれちぎれ犬の中に雨降つてゐる
山のみが〈沈黙〉のあらはなる形もち明るくなるまで溶けつづけゐる
黄昏に秘めうれてゆく濃ゆき日が遠方の樹にともしびのごとし

唯一の細き意味なる焔立たせ　火屋《ほや》の外にふるへ居給ふ闇

暗き火屋に頭を照らされてゐるときに　ばうばうとして神きこえをり

薄明をつくりゐるは胸の鼓動のみにて貧しき器のなかに満ちゆく

灯かげうすれ　はや誰のものでもなき空間へ瞳孔《ひとみ》はひらき　ひろがり
ゆけり

ほのぐらき枯木の枝につるされてひどくあかるき暮色がひとつ

樹の裏側より射せる日は赤く終りゆく天へ梯子が立てり

霧ふかき街にはめこまれたる死者Mのほそき眼の中に地球螢光す
花のごとく少女らの信ずる土にして日落つるときに杭の影長し
アネモネの美しくして妻と居るを光りなき夜々の内部とす
夕月のひかれる街を未来としかなしくかなしく意味築きゆけ
ひややかな低地街の外に沒りてゆく一つの夕日は花のごとくなりて
ここの窓にひとつの夕日ほろぶとき温感もなく壺立ちてゐる

青白き少女の影をのみほせし街に日暮れの風立ちにけり

兵のまま永遠に見えなくなりし人ひえびえと街の背より月出てゆきぬ

人の眼にさらされゐし夜おそく傷痕のごとく赤き月上る

やはらかなよるのデスクにやがて妻がウスバカゲロフの翅をひろひきぬ

きららかなイメージ翳るにあらずして鎧戸《ぶらいんど》の下りし階くだりゆく

白壁を逆上しゆくかぜのありその青き風を掌より放すも

今日も埋むる墓おもひをればをんなの瞳にうつりてやがて戰《そよ》ぐ草の穗

夕昏れをぼんやり帯びる色などがまた音などがあなたとなりゆく

せんだんの木末に下る蓑虫もはや見さだめがたき城山の夜が

うつくしく晴れたる午後を死にゆきし少女といへど罪ふかかりぬ

海へ海へ咳おちこみながら過ぎる夜の遠くネオンの漏れゐる扉

ほろほろと矢車草のイメージの崩れてゆけば街に飯くふ

青じろきその切り口にうかびくるは母かもしれず武装なき夜の

電柱の乱れ立ちつつ濡るる街にこの平和《たひらぎ》もくされてゆかん

泥ペンキ剝げゆく街の谷底を恋びとたちは花ぬらし去る

昏れゆけどフリジヤの花手にもてる少女と並びゆくこともなし

秘めごとにある夜は似たるしぐさにて壺の冷却を蟻めぐりゐる

肺びやうのわれに寝覚めし妻がひとり、戒律のごとく坐つて居たよ

ひとの息ふりかかりこぬ一隅は白磁の固き壺を立たしむ

かすかなる胸痛を頼りに書きをるにふと横切れる冬の夜の樂

夜の色は天《そら》の高さをはみ出でてはたはたと崖が鳴りゐたりけり

青ざめて夜はすでに大いなる土の上に蛇《くちなは》の目はぬれて抗ふ

もう死にはてたあなたに螢いろはすこし地味かもしれぬ

死の見ゆる愛隣にして目に遠くゆふぐれの樹木整列を愁ふ

目を赤く凍らせて立つ犬　冬の夜のながき審《さば》きにわが耐へらるる

肺葉にみる病巣はうす青きあけがたに似て撮影《うつ》されをりぬ

野のはてに青く消え入る陽のあれば蜻蛉《せいれい》たちは息のみて飛べり

石女の細き鼻梁にべうべうと病棟の燈が吼えかかるのだ

冬の蚊の一匹の飛行みてゐたり妻もわれもきよまりはてて

一生《ひとよ》かけて妻に待つ言葉「海のべの槻の細枝《ほそえ》はさみしかりけり」

コスモスの薄き花瓣に透りゆくが原野の陽ざしは時をりさむい

意地わるく身にかへりくるものありて鮮烈にひかる夜の黒き電柱

胸痛を汝がひとしれず耐へてありしこと花花は青き蘂かかげて夜

ぼろぼろと崖立ちながらときをりは赤ら引く雲が一散によぎる

肩すぼめ飲む酒にしてばうばうと階上の窓の怖しき夕暮

がらす戸に鶏卵ほどの燈がうつり喜劇をよろこぶ夜がつづくなり

雨匂ふ一夜がありてへうべうと白き怒りを爪ただよはす

夕映えにするどき鳥声ききつ居ていつしか悲運をわが撰ぶらし

燈に近く純白の壁立てるとき蛾がとびたちし暗き抛物線

悔恨のせめてはうつくしく橋わたる少女の面の糸のごとき眉

生涯のくらき終末を背景とし夜の脊柱がわれに垂れゐぬ

にぎりしむる拳の中のうす青く静かにしづかに光りが溶くる

こんや早く炭屑の中に犬眠れば夜のやつれたる眼鏡を拭く

幻影をいたはりながら眠ることをひとつの美しき夜の行爲として

外界の喧騒を支ふる窓のあり息せききつたレールの光り

垂直に電柱は土に突刺さりひそひそ夜の犬群れはじむ

木柵に太陽《ひ》は怒りつつ何もなし戦歿者墓域にちかづく靴音

一九四九年夏世界の黄昏れに一ぴきの白い山羊が搖れてゐる

八月の坂の無言を往診の医師のぼりつめれば砂塵の囁き
国道の午後の無人に黒くくろく蟻ひかりをり妻もしあはせならず
八時間労働をはりし虚空に夕月は遠き異国の紋章のごとし
海ちかき予感のゆふべにほふらしばうばうと鴉　髪振つてなく
まぼろしのははの手ぬらし来む春は木馬のごとく揺れてわが待て
このごろの日暮れおもへば遠天を　あぢさゐいろのふねながれゆく

熱を病む童《こ》の眸《め》が赤しゆらゆらとふくらみきつた春の蒸気に

蘆の芽にあやしきちからこもる夜の夜をこめとほくやまなり鳴れり

しろたへの蝶のさやぎに醒《めざ》めしかをみなにひそと神棲みたまふ

痛みがまだ歯髄で生きてゐるこんなにも光つた夜があつたのか

裸樹林のはだかなる鼓動きく日なりひもすがら穹《そら》に妹とわかるる

草木枯れし風景の中いきいきと少女の虚言《うそ》のよみがへりくる

紺のゆきひつしにそよぐ夕ちかくちから喪せゆく掌を目守《まも》るなれ

冬ひと日みじかき晴れ間に膝ほそめほほゑみ落すは嗚咽にちかし

ほろほろと遠さかりゆく風景にて二月の妻に梅こぼる夜

青めきて裸木の尖り越ゆるものこがらしなれば掌を吹かれゐる

かそかなるいなづまなりしがながきながきじかんののちにそらしづまりぬ

アレチノギクとびとびに挿されをる室に今日までの時間日暮れのごとし

鳴きつれて雁かへりゆくなり遠天のぜつぺきの飢ゑおもひみるべし

じやくばくとししむらはありそのはてゆ血はわききたるあきをしどろに

秋はつきの下びになにもあらざれば汝がつめたさをわれは求《たづ》ぬる

かざせかざせ汝が耐へしてふことくらけれど秋たつときにかがよふものを

石女《うまずめ》のおまへの頬のつめたさにほほそそけつつ一生《ひとよ》愛《を》しまむ

こがらしを聴くべくなりてぜつぺきの羽音はかなしつまとをればきこゆ

たれもしらぬよるなりしかばしつこくの鳥が凍てぬ思ひのままに
秀《ほ》にしみてかぜはみやまを流らへど不倫のよるはながろふならず
けさあをき視野傳はりきてつまにともる鯖《さば》いろの燈よさりげなかりし
汝を抱くわが手の諸《もろ》に冷えゆけば紅き葉かもしれず手よりちるおと
あきづけば回歸《かへ》りくるべきもののけに吾妻よひしと懸《かか》りし虹か
女童《めわらは》の虚言《そらごと》ききてをりしかどあきめく空を雁はかへるも

子もなければつひにふたりの嗟《なげか》ひのつくよのうたをいづべにやらむ

はやて吹き葉鶏頭《かまつか》赤しとつぶやけどこのしののめを嘆きしならず

ひとつもの拒絶しきよぜつしあきは山のいよいよ白き尖りわが見し

りんりんと秋は鳴らずやものなべて尖れるものにあきはならずや

うつくしき夜天といへど羽音たて直《ひた》なるときはさみしからまし

夜の鳥の高きにたもつ羽音もいかに孤獨なるよるとかおぼせ

夜半の掌にしづかにかへりくるもののあなたの矜《ほこ》りのちかくにねむる
きりぎしの梢《こぬれ》をかすめ病葉《わくらば》のあるとき飛べりせつなきまでに
早春のそら舞ふ白き紙片ありはたはたと妻の鳴る夜がありぬ
電柱の乱れ立ちたる夜の街になまぬるき唾液が幾度かたまる
ろんろんと滅べほろべといふ声を澄みし茶房の卓に落せり
ニイチエの Ganz Allein よ裸岩層の夕焼にみゆる坑道入口

いつしんに平衡を願ふ拳ありひとりのときのながき薄明

由緒

由緒

わが指のうすき影だに朝風の蟻の心をひとりにするか

朝風の蟻を殺してひとりなり　よごれし空の下に目をとづ

傲慢も虚榮もとほし寂しみは夕日に透くか掌を合はすなり

夕昃《かげ》る雲突き刺すと伸ばしけるこの脊柱の撓《しな》へしるしも

燈を消せばくらがりふかく祖国《くに》ありておんははのごとく泣きゐたまひし

ぬくやかに脊筋を日光《ひかげ》ほぐしゆく一本の道野に通りをり

朝を迎へ豆莢透きぬかくてのちわれにかへらぬ母のしろさか

ふかみどり海の彼方をかき撫でてやがて消えゆく白き掌のあり

いただきの光りが眞実凍つるゆゑ山脈とほき窓をひらきぬ

年わかく妻に寄りてし幸ひの由緒は杳《とほ》く雪ふりてやまず

白雪《しらゆき》のひと夜積れる胸うちをたどたどとよぎる妻ひとりにて

雪の日の机によりて汝が眸あり語群のおもて明るき一と日

降り昏むとき汝が矢絣に蒼みさしよせくるものは口にせざりき

目の前のそら明らめるさみしさや一房の藤を母もちたまふ

幾人も人逝きたればしつとりと身ぢかき空が今宵晴れゐる

墓石白き地域はゆくにわが翳のありかを知らず冬きよき日の

冬の季のながきに堪へて妻もわれも夕雲速き果樹園にゐぬ

妻が手の炭屑にまみれ荒れながら湖《うみ》に明るき日和つづけり

緋の色に烙きつきゐたる夕雲を幾度かおもふ打診する室に

横隊に貧しき学徒ら列なせば日本の空が劇的に灼け

円天の眞下を駈けたり兵追へば空がそよげりそらのはてまで

冬天の青さうつれる土の上《へ》を征かざるわれも踏みて別るる

君をらぬ机の上に稲妻のいろさだまりてしづかなる思慕

かそかなるときめきゆゑに目路とほき冬樹に夕べの陽が当る間よ

北国の花つめたしと思ふ日の山肌があり兵の顔あり

塵芥ひとつだになき国にゐてわれら識りしは落日の美か

心昏《くら》むまひるををれば妻が手に青き木の芽の握られにけり

神の果実

神の果実

I

メタフィイジック—無の正当化をめぐる一つのアンチ・モラルなヴイジョン

※

四季・空気・死・大地—わたしにとり、先天的に平等なものを数えてみることは、無意識裡にメタフィイジックなものを描く事である。

※

すべて形象の死、そこから負数の世界は展ける。だからメタフィイジックの形象への愛は、願望として死からの蘇りを潜在させている。

※

メタフイジカルな眼。それは光に最も敏感な眼である。
〈空気の一つ一つの成分のなかには、あるおそろしいものが潜んでいる〉
或る夏恐らくリルケは、それを気層の最も強いひかりの中で見た筈である。

※

たとえば犬がそれ自身の影になつてしまいながら歩いている。一日の光線のなかには、常に微量ずつそんなメタフイジカルな薄明がまじりこんでいる。その微光をこそ偸《ぬす》め！

※

メタフイジカルな世界とは、実用を差引いた残りの世界のことである。

Ⅱ

にんげんの手で殺された一人の人間。兵士の死。彼はわれわれが日常見る死のなかに、或る荘厳なやすらぎを見なかつただろうか。そこにわれわれが悲しみのみを見るとき。凡ての秩序のイメージは、彼の死んだ眼のなかにある。

※

わたしの中に、「二人の私」を見出すのは、性格の二重性に於てであるよりも、生と死・時間と超時間・喜びと喪われるべき喜びとに於てである。すなわち生きんとする時も、われわれは死につつあるからである。

※

死は生の方から、愛は肉体の方から成熟して行く。

※

わたしには生と死を含めて（恐らくは死の領域の方がずつと広範な）それが一個の限りもなく大きな果実のように感じられてならぬ。われらを生の方から成熟させて行くちから、刻々みえざるものへ昇華させて行き、ついには生全体をもその無形化の強力な腕の中へ拉し去るエネルギーとしての死を思わずにはおられない。

※

死にゆく患者と医者との関係は、死の現実と死の観念、治される側と治す側、それ以上に治る者と治らぬ者との関係である。

※

「待つこと」「満たされること」「飽きること」と云う余りにも人間的な秩序は、「生きること」「産むこと」「飛翔すること」という別な秩序を内蔵していはしないだろうか。犠牲死など死を生に止揚させる為の必死の飛躍であつた。リルケの「深い内部では、すべてが法則です」と云う声の下で、われわれの耳は音の奥の音として何を聴くべきなのか。

※

われわれの精神は灼熱した瞬間々々に発光飛散するものではないのか。そして光の行方はアレキシス・カレル流に、消されたランプのあとにまで遺る光子《こうし》の運動に従うのでは……。だから宮沢賢治は詩集の序に記したのである。

（わたしという現象は
…………
因果交流電燈の
ひとつの青い照明です
ひかりはたもち　その電燈は失われ）

Ⅲ

呼ばわれないことで満ち、呼ばれることで消える一つのイメージ。

※

若し神を除外したら、万事が如何に手軽にスピーディに進行するだろうと考えてみる事は、逆にその重さと悠長さとを教えてくれる。

※

女は胎児によつて始めて不可視のものに触れる。盲人が木犀の香を嗅ぐように。

※

われらが自己を否定する時、われらは自己と同時に神をも引裂いているのではないのか。でなかつたら自己とあるべき自己との間の傷口に、あの癒合の為の柔かな肉芽は誰が用意するのだろう。

※

眼のなかに宿つた一滴の水溜。そこを向うへあなたが漕いでいたように思う。遠い少年の日。

※

聖句は知らせ、詩句は感じさせる。

※

「ありそうもないことを、ありそうなことの中にかくす」〈ヴアレリイ〉のは、わたしにとり単に詩法に関する事であるよりも、神の秘儀に関する事のように思われる。

※

ユダの肉体性は、基督の精神性に比べると、そのなかに含まれるべき部分に過ぎない。基督はそれを予知していたと云う点で。

※

信仰。山巓で祈つた男は、自らの火で溶けてゆく蠟の陶酔から、正しくめざめていたと云う意味に於て、詩は信仰に近づく。

※

「神を知るのは、心情であつて、理性ではない」〈パスカル〉神が死んだと云う時、死んだのは神と云うより、神と人間を結ぶ心情の死である。

※

生きる者にはその主体的態度のなかに、詩う者にはその言葉のなかにしか神は現れぬだろう。

Ⅳ

如何に密《ひそ》かに磨かれていようとあなたの内部は私にとつては外部であり、私の内部はまたあなたには外部である。

※

愛とは、可視的な部分では最も重なり合わず、不可視的な部分で最も重なり合う二つの円に似ている。

Ⅴ

「時間」の対語は「空間」であるより「持続性」である。そしてその担い手は主体と沈黙である。

※

「同時」「定時」「暫時」…等「時」にからまる一切の観念のない場所―「空間」

には確かに生を慰撫し落着かす不死性がある。

※

「とにかく敵は時間である。うち勝ちがたいものに対しては行動すること、老いること、自ら進んでほろびることである。」（谷川雁）時間はニヒリズムの政治的絶対化という形に変形された時に最も狂暴性を発揮する。

※

木の実、草の芽。少年、少女。大地はこのような形で時間を育てている。

※

崖の美しさは、そこから先もはや眼に見えない架橋を予感せずに居られぬ、空間のもつ暈いの美しさである。丁度経験の果てまで行き尽した言葉のように。

※

言葉を私の生理に従い遊ばせながら忍耐強く待つていると、言葉が私を離れて言葉自体の生理を生きはじめ、未知の領域が忽然と裂け目を見せる瞬間が訪れる。その時私の感性は言葉の傍らで、蠟燭のように燃え細つているのが常で、言葉の林では別な私が知性の鋏のようなものでぱちぱち剪定しているのが聞える。言葉のなかで私が始まりかけているのである。

※

言葉は駱駝である。結局わたしは言葉の行けるところまでしか行けない。これ以上負担をかけまいとする謙虚さは、この場合言葉に対する侮辱である。服の一枚々々脱いで軽くなつた私など振落して、それは容赦なく馳せ去つてしまうだろう。

※

表現の恍惚。それはなによりも推理の勝利につれ明けゆく暁の色。ふるえる感性の蕊の周りで。

血と樹液

血と樹液

詩と短歌のあいだ

わたしがわたしに会うこともない日々の生活。いつも外部から奪われ続けているという抜き難い意識。要するに是等生きんとする時も死につつあるわたしの生の倍音。詩とは言葉においてそれを変えるもの、精確に云えば拒む言葉の生理を生きることである。

※

「在らしめよ」という禱りは、つねに何に向ってであれ、血におこる陣痛、鼓膜に消えるつめたい稲妻。詩においても、短歌においても。

蘇えりを待つ前に、何故わたしの手は、きまりきつて形象を殺すことから始めるのか。けものたちについて離れぬ名もない習癖のように。わたしはただ何故そうなるかを感ずる。

※

不死とは声のみになること。空を呼び、呼びかけることにより空を超え、ほんとうの空をつくり得るのは、あらかじめ形象に於て充分に死に尽したひとつの声である。

※

形象化。それは既に声に変容したものが、あらたに自己の不安と恍惚を、地上の物により充塡し内部から支えようとする冀い。

※

わたしにとり詩とはまた遠さのことである。なぜ「時」の脈管をのぼる太古の樹液が言葉となり、そして血はそれを更に遠くへ運ぶのか。

※

死を凌駕するものがうまれ、若しそれが愛であり、愛を凌駕するものがうまれ、若しそれが至上者であるならば、わたしに作品がうまれるのは、最後に来たものが、ふたつの「時」をつなぐからである。

※

試みられた死は「存在」への入口、「必然」の最初のふるえ。だから「在る」とは究極において「歌う」こと。まず「成る」ことそして何よりもまず「成らされる」こと。夜から朝へ、星のたしかさをたもち。

※

すこし厳密に測るなら、わたしのなかで発想の重心は「在りたい」とき歌へ、「在らねばならぬ」とき詩へ、微妙にずれるのかも知れない。

※

詩はテーマから感動へ、短歌は逆な方向へ遠心する。だから詩作するときは生活の、歌作するときは思想の、はげしい耳鳴りが断続する。

※

短歌の五句が、如何に詩における聯と聯、節と節の意識を持とうと、詩の効果はイメージの重層性によつてであり、逆に短歌の効果は単一性によつてである。つまり一篇と一首の重さを測るには、別々の秤をもたねばならぬ。「類似」よりも「共通」に対し鋭敏な。

※

聴くことと見ること。音楽と絵画。それは形象の死と形象の造型との対比だ。最も純粋な意味では、すこやかに死に得たものが歌に、死を阻まれたものが詩になるのではないのか。心象の造型は苦しんで死んだものの、歌とはまた別なよみがえりである。

※

空の美しい日、樹はどのように唄つたか。空の病む日、樹はどのように耐えたか。空の荒れる日、樹も又どのように狂つたか。すべて垂直に空に仕えるべく運命づけられたものたちの歴史。あの貧しい一行詩型のように。

※

モダニズム詩の生誕より二十年後であつたにせよ、陶酔と直叙から抑制と隠喩へ、短歌も方法を持つに至つた。現実を修正しうる現実の再構成―しかしわたしは其処に「詩と詩論」の影響を見るより、大戦の定型に与えた決定的エコオを聴く。

※

定型の精霊―ながく権力により眠らされてきた魔の韻律。だからリズムで物を見ることの誘いから、つねに覚めていなければならぬ。たとえ小鳥のように歌うとしても。

歌を堰きとめることにより、更にはげしい内部の歌となると云う意識の有無に於て、もちろん「詠嘆」と「詠嘆調」とは異る。詠嘆調は何処まで行つても、詠嘆にとどかない。

※

伝統は樹液であり古典ではない。読まれるものではなく生きられるものだ。一人の人間の血の中に知らず呼びさまされ、また斥けられるものである。

※

血に対し自立し而も完結しているという理由から、定型もまた多分に樹液的だ。云うまでもなく、しずかな花への変容は樹液だけにゆるされ、一方意識のくらやみに於ける血への聴従は、本能的に異土の花を嗅覚することだ。

※

短歌性とは、五句三十一音にして、それ以外のものであつてはならない。何故なら短歌的なものがわたしを呼ぶのではなく、定型が、制約が、完結が惹くのだから。すなわち、

五句―わたしがわたしに近い、闘つてゆく為の対立のイメージ。

三十一音―わたしがわたしに成つてゆくための統一の音樂。

※

鎮魂と相聞。抒情詩はデリカシーへの愛である。純化へのたたかいを経ぬ愛がないように、感情の論理を経ぬリリツクと云うものもない。

※

極端に云えば、花鳥を詠うのが悪いのではない。花弁がひらき、翼の音の消えると同時に、言葉もまたその行爲を閉じてしまうのがいけないのだ。

※

短歌の沼に、數箇の「物象」を、「名詞」を、「漢字」を投げこみ、助詞の灌木を

伐《はら》う。良質の抒情の水まで押出し、時間の風にそよぐ小草のニュアンスまで刈取つてしまわないか、どうか。

※

作品の重さは、含有された思想―砂金の重さであるが、「思想の造型」と「思想の独白」とは異る。読みおえてわたしは感じる時がある。詩では人間の、そして短歌では言葉の、にわかな衰弱を。

※

こまかな感情の慄えが、エネルギー粒子の振動波に、死が気化に似るのは、わたしのなかで短歌が詩へ傾くのとおなじ度合で、詩が科学へ傾斜するからだろうか。謎を解明するものと精密にするものとの違いだけを残して。方法は飽かれやがて死に、態度だけが残る。文明に怒り或いは存在を冀い、おのれの呼吸と動悸に抗らい或いは従い生きた者たちの。

※

詩と短歌。ふたつながら宿したひとつの精神にとり、同じ語勢で云えることは（そこに口語と文語の違いがあるにせよ）、詩型の緊迫をめざし、所詮はひとつの誠実を彫つてゆくと云う事だ。共に言葉を捨てるという営為により。

隠者の暁（或いは逃亡日録）

昭和四十二年十月十日―十一月二十一日

―鳥・隠者の星―

ペスタロッチの「隠者の夕暮」を、もじつて、「隠者の暁」としたが、いまとなつては「隠者の星」とした方が、よかつたようだ。

逃亡日録には相異ないが、私は、逃亡を正当化はしないつもりだ。ただ、いまのところ、逃亡の道のうえにも光《て》つている星のことが、ほかの何ものよりも気になるからである。永遠の暁の存処《ありど》はわからないが、一瞬々々の星の存在だけは信じられるからである。

※

「隠者の星」いい題だ。これは「鳥」と共に私の永遠の未刊歌集の題名になるのではなかろうか。

※

現代における、いや時代における自由（いや大自由）への道は、はからずも否定と拒絶の真只中をとおってゆく。

※

私が逃亡者でなくなる日まで、この日録はつづけられるだろう。

※

今日から、また随想を記すことにする。言葉へのカンをとり戻すためである。いつまで続くかわからないが、自己回帰のために書くのだから、このノートの中断されるときは、私の自己集中も止むときである。

※

十月十日　火曜

みやがはま行。中学校庭のしずけさと広さは、やはり都会にないものであつた。畦道には遠い日に失われてしまつたいろいろな匂いが待つていてくれた。私は故郷にふるさとをさがしに行きはしないが、今日私の求めていたものは、まさしくふるさとだつた。じぶんの基底部に開かれた窓から私は「社会」ではなく、もつと広々とした「黄金の国」を望見したかつたのである。

海辺で美しい軽石をひろう。山には人間の生活があるが、海には解き放れた想像力がある。山の閉塞感を背負いつつ、海へ到らねばならぬ。そういえば、リルケのドウイノの城も山を背にアドリア海に面していはしなかつたか。

かえりの車窓からは、灯の入る直前の農家がみえ、さまざまな夕暮がみえた。沢木興道師ではないが「向うへ向いてゆくばかり」か。私にも向うはあるか。死以外の向うが……。

※

十月十一日　水曜

夜十時すぎ門限におくれたといつて敏寛来る。こんやはじめて木犀匂う。うしなわれた夜々を思うことしきり。すなわち一句。

木犀に中学生の夜はありしかな

敏寛、例によつて払暁六時教会にゆく。

昨日海辺で感じたことだが、潮の香にちかく想うアメリカは美しかつたが、今夜こうして思うアメリカは暗くいとわしい。

※　　　　十月十二日　木曜

見ることを練習せねばならない。幹や枝をあくまでみつめることからはじまり、みえざる根と蒸散する樹液のゆくえへと、おのずからみちびかれてゆく練習を。

※　　　　十月十三日　金曜

ひとつの希望……若しかしたら中原中也は「開かれた心」へとあこがれていたのではなかつたのか。

※　　　　十月十四日　土曜

詩における才能と誠実さの（とくに後者の）占めるウエイト。われらを魅くのは、一瞬の才華ではなくあゆみ捨てられた愚鈍な一本の道ではないのか。

螢考（詩篇をものすること）

※

十月十五日　日曜

嫌人癖いよいよつのる。じぶんの外へ、大空の下へ一刻も早く出てゆきたい。したがつて午後三時より桜島へわたる。こころ満つる。

スケツチ

山上の椅子（展望台にて）

部屋からゆうぐれを追いだすのが不安なのか、どの部屋も灯をともすのを、ためらつている。（国民宿舎望見）

真昼、もはや誰も星の光をうけとめてはいない（堤防の上にて）

広さは神だ　いや神へ至る道だ

※

十月十六日　月曜

真昼にも、星の光をうけとめているという誇り。しみらな一日。ますます、広い空間へ出で発たねば……

※

十月十七日　火曜

省略を学ぶべし。省略するとは、あたらしく何かが見えてくるということだ。その何かに向つて、私の一生は賭けられている。その何かは「言語」と「私自身」の中にしかない。

模糊性　省略
多義性　無限定
沈黙性
緊張性

おそらく人は、自己の底に秘められた世界、空間へ辿りつくために闘い自己の窓をあけては、やさしくなる。

※

十月十八日　木曜

自己を攀じのぼり尽くし、別な次元へおよぎ出たい心と、自分の底へひそみかくれ幾年も幾年もたれの眼にもつかずにいることと、この二つの欲望に私はひきさかれる。

十月二十日　金曜

※

作品に、人格に統一をもとめるなら、言葉と自分自身のなかを垂直に深く掘りさげてゆくことだ。社会とのつきあいは、もういい加減にしよう。少なくとも第一義の道ではないことを重々知るべきだ。

「真昼にも、星の……（題名）ある部屋にて」を一篇ものにすること。真二つに裂けてそこから恐怖や驚愕が顔をのぞかせるような作品以外を創るな。

覚書　私は死ぬのではなく殺されるのだ　罪のゆえに殺されるのだ　死なんかに私を聖別する権利なんかない　私は殺されるだけなのだ　ただ　それだけなのだ

椎名麟三　新潮　11月号

十月二十二日　日曜

※

現代―肉体と物質、すなわち可視物繁栄の時代。言語だつて例外たり得ぬ。傷つけられたのは、精神的言語だ。抒情の扼殺もむらがる肉欲的言語への粛清の怒り以外の何ものでもない。

たまたま　田村隆一詩集に対する塚本邦雄のオマージュあり　曰く

「二つの戦争が言葉をきずつけたという怒りと恐怖がこの詩集の底流であり、重要なモチーフであると同様、そのきずつき破壊された言葉によつてしか、田村氏の完璧で無傷な作品は成立しなかつたに違いない。また荒廃した日常と堕ちるところまでおちた生活を媒体とすることなしに、この冷静で禁欲的な詩は生まれ得ないだろう」

吉岡実云うところの「呪婚は祝婚よりなぜ美しいか？」答は如上につきると思う。

※

十月二十四日　火曜

台風近き夕空、けわしく暗し。雨まじりの灰。現代地獄篇。いらいらやまず。セルシン服用。酒の量また増ゆ。

自己をあゆみ尽くすとは、空へ自由へ手を触れさすことだ。そこでは、まさしく自己は消える。在るのはただ星の投影みたいなやさしくされたひとかげのみ。人影なれば他意あるなし。ただただ虚ろに、且つ、真面目に笑い、且つ怒りつするといえど、それは仮象のみ……背後の星こそ実存のみ。

その星を見得るものは、幸いなる哉。しかれば世のなべてのこと、星の前に虚心に行わるべし。虚心もつて星のこころとなすべし。然あらず、我執我欲にとらわるる者、哀れと云わんか。泡沫、瞬時の欲に壁せられ、はるかにきよらけきものの光に触るる能わざればなり。余が思い、今宵いたく論理的なるを恥ず。直観すなわち歓喜なればなり。

ああ世の儚などこと、なべてのことを透し、我よりも星により多くのことを活かせしむる者こそ、真《まこと》の勇者ならむ。また、真の人ならむ。

星によりすべては語られてしまい、もはや沈黙することこそが強いられる。

※

十月二十六日　木曜

台風いよいよ接近。雨まじりの灰、すなわち天の泥降る。すべてに対し、挑戦的たるべし、すなわちアンチたるべし。炎暑と酷寒のほか、余の精神の棲息処なし。

茂吉曰く「忍辱は多力《たりき》なり」

※

十月二十七日　金曜

火山と繭。妙なとり合わせだが、余にはぴつたりくる。地平（世俗）を抜きん出た火山の精神の稜骨と、地平下のおのれの中に潜入せんため自らの血の糸を吐きそのなかにて死する蚕とは、余が当面の究明テーマなり。

台風は東方海上に逸るれど、日もすがらの寒き雨なり。障子貼り代え、コタツ出す。一ぺんに冬なり。

野良猫の三毛のこと、心にかかる。

今日も怠惰のうちに過ぐ。正当化すべき一つの理由もなし。恥ずるべし。恥ずべし、ただに恥ずるべし。

※

十月二十八日　土曜

時間は過ぎる。ただただ時間は過ぎる。歳月を経るといふ以上に、ただ時間は過ぎる。

寂しさあれど恩寵にはあらず。恵みの刻、われには来らず。いまさらにわが荒茫おもわる、されど致し方なし。せん方なし。せん、せん方なし。

夜、敏寛来。飲み。ねむる。ねむる。ねむる。「土曜の窓」は閉ざされる。

自然に則り悠然と生きるのは望ましい。だが言語を扱うときは別である。

繭は蚕にとつて、その言語なのかもしれない。

※

十月二十九日　日曜

「生きるとは捜すことだ、捜す心のない者にとり詩は単に言葉の沙漠にすぎない」と山本太郎は云う。

サインとシンボルを区別すること。

死んでみねばわかるまいことを、なぜ斯くも執拗にぼくは問いつづけるのか！

※

十月三十日　月曜

昼間温いが、朝晩ひどく冷ゆ。脇田さん休み。われを過ぎる束の間の神。

なんと吾々は、自己を自己視していることか。自分のなかにありもしない自己を視るな、そこに確固として在る他者を視よ。他者と自己をアウフヘーベンした、他己を視る眼の養育。真空妙有。

樹液のように自己をみたすもの。

「喜望峯」11月号をみて、塚本短歌の影響のつよいことにいまさらの如く愕く。その激越なる憤怒調の由つてくるところは、よくわかるが、斯う亜流作品の羅列すると、反動的にその逆なるものが恋ほしまれる。現に「荒れた海辺の日記」を書いて、自殺死（?）した、怒れる若者、ユグナンの作品のあのやさしさは、その対極をなすものである。

中村暁子　作

夏の嵐すぎたる空に激情のなごりの鞭のごとき電線
飢えふかし茜の視野に沈黙《もだ》しつつ干潟に垂るる青き断崖《きりぎし》
海と空ひとしきいろの夜とならん群青の愛めざめくるとき
紺碧の空に工夫のマッチ擦るつかのまとざすてのひらあかし
暁を醒めて蜘蛛手の径をゆく汝に蹤きさし火のつかれかな
十指組みて臥せば柩のひろがりに恋おしいざなうもののまなざし

斎藤茂吉

このくにの空を飛ぶとき悲しめよ南へむかふ雨夜かりがね
石の上に羽を平《ひら》めてとまりたり茜蜻蛉も物もふらむか
沈黙のわれに見よとぞ百房の黒き葡萄に雨ふりそそぐ
松かぜのつたふる音を聞きしかどその源はいづこなるべき
うつせみのわが息息を見むものは窗にのぼれる蟷螂ひとつ

のがれ來てわが戀しみし蓁栗《はしばみ》も木通《あけび》もふゆの山にをはりぬ
ほそほそとなれる生《いのち》よ雪ふかき河のほとりにおのれ息はく

※　　　　十一月二日　木曜

保険整理のためしばらく休む。本に「性根」といふ言語があつて、ハツとする。いわゆる根性を逆さにした言葉なれど、この方が含蓄ふかし。おのずと「天の命これを性と謂ひ、性に従ふを道と謂ひ、道を修むるを教と謂ふ」のかの中庸の言思い起す。又セザンヌの「色彩はすべて世界の根に通じている」

※両者比較考
前者（現代短歌）言葉そのものが激越なわりにしらべの冴えかえりなし。
後者

※　　　　十一月四日　土曜

脇田さん休む。
※久し振りに空がうつくしい。そこを雲がながれる。わたしの空にもながれるものがあるか、と問うことは苦しい。芥川ではないが、人生は生きるに値せず、ボ

ードレールの一行にも如かないからかもしれないからである。
※幼年時代を彼方のピークにある水源地として、わたしのなかを、時間はながれる。終着地へむかつて……すべては衰微へのあゆみ、ながれである。彼方、胎内のおぐらさが名づけられぬもののふところに、よりちかかつたとしても、それは物理的思索の弱点ではないのか。非力なる者は、得てして合理的、視覚的思考の糸をたぐりたがる。〈迷路を辿れ〉！である。「多力が忍辱たりうる」所以である。
※われらが、時としてうたた寝のうすい更紗を透かして幼年時代（それこそまさしくひとつの時代と名づけうる）を嗅ぎつけるとき、突如としてひらかれるあの云いようもなく広い空間……あれは、一体何なのだろう。
それでも尚
※見るとは？（十一月三日壁画との対話NHK　TV）
前田青邨氏について教えられる。無心ということが、あのひの顔をひとしおうつくしくしていた。見るとは、対象ではなく、対象のなかをながれるものを見ることである。

すなわち無心になること、流動するものとの同化（ここでのみ自力が働く）他力がついにはすべてを統べる。

書くとは？
スピードと書とは、ふかい関係がありはしないか。思考も亦しかり。

※　十一月五日　日曜

※山之口町時代は、静けさと集中に欠乏していたが、ここで求められるのは、ただただ強くなること、強くなることにより、広くなることのみである。
※TV「モンパルナスの灯」を見る。フランスでも永遠の幸福が求められた。そしてそのとき彼、モヂリアニの顔には、古い月光が射していた。そういえば、「月光の洩る家」と云うことばが、古い日本の本のなかにあつた。
※　ゴツホ書簡集を再読すること。そして下巻をさがすこと。
※　余今日雷の来るまえに、耳に気圧の異変をかんず。うれしい。脇田さん休み。

※　十一月六日　月曜

※　眼には教会が立つてゐた。
※　現代及び現代人とは？
人生を感動的に生きることをあきらめたひとびとは、装飾的に生きることを思

いはじめる。

※　塚本―自我―ニーチエ―反抗―リルケ

塚本氏らの怒りのしらべの由つてくるところはよくわかる。

現実のマイナス面への否定である。

しかし、いまひとつの道がある。

現実のプラス面の肯定である。

註……現代人は、不変なものに対し驚くちからをうしなつている。たとえば、人間には眼がふたつあるということである。……小林秀雄は云う。

※

十一月八日　水曜　立冬

昨夜飲みすぎて休む。

月のうちの十日、一日のうちの十時間は、勤務についやされて仕事ができない。思うな。ただ仕事せよ。仕事以外を思うことは、焦慮することだ。仕事することは、たとえばつねに揉まれる錐の尖にいることであり、思うことは、錐のすすみつつある材質などにこだわることである。たえず揉まれる錐の尖端ていよ。

※

十一月十八日　土曜　火山灰

盲聾のひとは、音はつたえられてくる空気の波として頬にうけとめつつききとるという。その音、恋おし。

観音―音を観る―観音、観音、カンノンと呟けば、「目を瞑り、目をあけ、生きた」という墓碑銘がうかんできた。

ハイデッガーの哲学―筆写しつつあり。

健保問題、逼迫す。ますます広大なる心情空間を欲す。

宇宙なる火屋《ほや》さびしめば窓にともる芯さへなくに火山灰《よな》ふりつづく

※

十一月十九日　日曜

母なる宗教―マリア観音
――姉、かんにんしてくれのう、ほかの衆にもわびしてくれのう。あげん声出すまいと、イエズスさまのご難儀を思うて、口ば結んでおるばつてん、余り痛かもんじゃけん、つい、きいきいわめいてしもうて、耳ざわりじやつたら、かんにんしてくれろ――永井隆著「乙女峠」より

山口線津和野駅のすぐ裏の小さな丘が乙女峠。
※ザビエル鹿児島上陸　一五四九年（天文十八年）八月十五日
二世紀半に至る切支丹弾圧　二十万以上
織田、豊臣時代信徒　　　三十万（総人口二千万）
現代　　　　　　　　　　七十万（　〃　一億）
※秋の宙ほのあかき刻さびしめば灯のつたふ芯さへなくに火山灰《よな》ふりつづく
○秋の宙さびしき刻を灯のつたふ芯さへなくに火山灰ふりつづく
○宙は火屋さびしき刻を灯のつたふ芯さへなくに火山灰ふりつづく
　宙の火屋
○　宙の火屋
　宙に火屋

※

十一月二十一日　火曜

貴様がもともと屍体なら、その上殺そうとする奴もあるまい。
——地獄の季節——
俗世にあつては、いちはやく屍体となることだ。傷だらけになつて埋められるのが必定なら、そのまえに死んでいることだ。おまえを敵が引掻く前に、おまえは石になつてしまえ。すべての禍は耳をとおして這入つてくるから、おまえもゴツホのやうに耳を切り落とせ。そして、ただまなこだけを開いておれ。それがおまえの生きる道だ。そのとき始めて、君は落ちる木の葉の音を知るだろう。まさしく音を観《み》るだろう。

必要とするとき以外、酒を慎しむことだ。それは、おまえの精神や暁を廃墟にしてしまう。おまえが、酔いつつ挑まねばならぬものは、余りに巨大すぎる。おまえに出来るのは、たかだか人間への挑戦だ。

「美術はきえる、学問もすたれる。しかしそれらによつて磨ぎ出された宝玉は、永遠に光を失わない。教会もクリスチヤンも聖書も砥石にすぎない。それらに何の光があろう——有賀鉄太郎。」

未定稿歌篇

空の逢ひ

リルケ眠るそらのあをき真下にて一本のローソク昼に灯すも

空にて誰とも会はむ死期なるか
リルケ眠るそらと母ねむる空

空こそ詩にしあればこよひふかく逢ふ鳥もあれ空ふかく逢ふ鳥もあるべし

独　身

焔の抉るめがねあやふきに独身のその眼ふかく火をまもりたり

放埒のひかりにふれし夏せいねんのまなこ死にたり　網膜に雪

なにものか言葉ととのへきえさるを雪ふる寒夜の闇の優しさとせむ

昏れゆけばまぼろしのおもさはからむと双腕枯れし腕ひろぐる樹を見むとす

冴えざえとひと声にわかれかへりきし耳たぶま冬を閉ざすかなしみ

すくひつねにことばより来るを独身の操とすれば黄金の向日葵は立つ

ゆうべ《ママ》夜ににきけば耳にきえいる地平線ただまづしきをパンに雪ふる

一日《いちにち》はつひにたたかひとならず木を焚けば声にはあかきあかきもの棲めり

いくたび慄へる光いただきに鳥となりしが塔めざめ立つ

はなのなきバラの花季とおもへりいもうとの手鏡さへやきらめきにけり

永遠の休暇得しものらに棺の中なまめくまでを月ちかづけり

浜田遺太郎詩集

I

わかれに

鼠が箸を落す
とうたった詩人がある
夕暮
たしかにそうだ
病人が箸をとり落す
何処にでもありそうな
しかし此処にしかない
壁にむきあいながら
夏・秋
そして
冬……

汚みが不吉な陰影のかたちに
みえてくる日にも
食器をつついて　ひそかにあなたは生きた
「この窓の外の見え透いたさわがしさ」
とぼくが云えば
「隠されたかそかなものがありますわ」
と答えたあなた
「生きようとする時も　日々
　死につつあるぼくら」
「いいえ　刻々還りつつあるのよ
　往こうとする時にも」
と云い張ってやまなかったあなた

脚を竦めた
壁時計かっきり　ぼくは見た
脈がほそり　とうとうあなたが逝くのを

R湖をはいのぼり
窓にはいりこむ
かすかな夜のひきあけの風
くりかえし　ぼくは見た
息を引きとるあなたを
あなたが死に終るのを
すこしずつ
ながくなってゆく
呼吸休止《パウゼ》の
淵で
美の睫毛が
ついに
ゆらぎを止めるのを

空に灯るひとよ
おおくの黄昏のなかで

いつまでもきえ残る夕べ
それはあなたにとり常のごとほほえみで
そっと自分の病いをかくすには
恰好な光線《ひかり》であったのに
何時までも夕映えを支えている
あの巨きな手がいたましくみえたのか
あなたは慄えて目蓋をおろした
それから呟いた〈深い空をとぶ鳥は墜ちない〉
美しかった夕べよ
ぼくの記憶の空は
いまも慄う睫毛をもちつづける
いつも　ぼくの対句《アント》として生きたあなた
いまは　みんながあなたを忘れている
よろしい　世界は　はや　あなたとは別な
秩序で熟れようとする果実であるとしても
いま　ぼくは見る――ふかい空を

一羽の雲雀が　さらに　高きへ火を移すのを
そしてそれを　日没が　一際《ひときわ》かがやかすのを
ぼくも呟いてみる〈往く鳥か・還る鳥か？〉……
いや　あなたはきっと還ってくる！
いまのぼくは　あなたの狂気の
すべてに賭けて　そうねがう

病みに病み　すでに瞳《め》のみとなったあなたが
永眠《ねむ》るべくいまわの瞳を閉じようとした時
あなたの最期の息が
地平の果てまで吸いこまれ
やがて　かすかな風を吹きかえすまでの
ながいながい時間が
まこと　ひとすじの
瀕死の期待を
つくるのをぼくは見たのだから……

低い声

とつぜん　死が
おまえのからだの臭いを
嗅ぎに来るからって
変えねばならぬ習慣《しきたり》なんて
なにもない
手は曲げておくがいい
書きさしの一行のうえに
樹も伸びたままでいい
枝など刈らずとも
急に飾り立てねばならぬ言葉なんて
なにも要らないのだ
夕暮がゆるやかに
大きな瞼をうごかす蔭で
おまえは開く貝・沈む鳥で

あることを続ければいい
それを何時までも続けていればいい
もし　今おまえの眼に
風景がひどく痙攣《ひきつけ》るのなら
ゆれる瞼の下で
しずかに　揺れやむのを
待っていればいい
それを何時までも待っていればいい

明日　誰かが
よく動いた
おまえの眼球を焼くと
もうおまえの話声は
頭上の空へも　窓へも
ひらいてゆかぬだろう
それを隅っこで雲たちが

ちょっぴり淋しがるだろうか
それのみが
きえいる　ひかりのさきの尖《さき》
最期まで
歌った者への
ちいさな冠かのように

だがそれは別な日のことだ
風の無い午後
もはや煙のなかにうかんだ
おまえの歌の輪のうえで
ききなれぬ低い声が起るのを
聞くのは
そして今更のように
おまえは鶸のこえで
呟くだろう

（なんて　わたしは下手な
唄い手だったことか！）

それは陽が歌っているのだから
足らなかった光　捨てた色たちが
おまえのために
うたっているのだから
聴耳を立てていればいい
何時までもそれに聴き入っていればいい

背　景

一秒々々
あなたは光になつて行くのか
それとも濃い闇へ孵つてゆくのか
それさへ　さだかには分らない程

あなたの静寂は広さを増し
薄明を加へて行きます

拡げられた枝の尖
夜の水蜜桃の薄い皮の下に
甘い果汁の流れの導き込まれて
ゆくのが見える
　灯が手や顔だけをてらすとき
心のうちがはを光《て》らし出すのは誰
そこにある暗い野やつめたい花
　鳥のことばを……

一秒々々
背を縮めてゆくあなたの前で
あなたが何んの炎に身を献げてゐるのか
溶けてゆく音が

かすかに　それに答へて
ゐるやうでもあります

あなたは街外れの
一本の痩せた川べり　砂利取り小舎の
蜜柑箱の上に立てられた蠟燭

街は
紙幣片手に
ひと暴れしようとする者や
セックスに血眼ぎよろつかせてゐる
者たちに満ちて
今夜も殷賑をきはめてゐることでせうか
川の音が高まるのは
深夜の満ち汐がまじり込むからであり

積まれた砂利の小山が
磨《と》がれた米粒のやうに光るのは
しづかに山が月を挙げたからでありませう

一秒々々
消滅に向ひもえやまぬあなた
身は一箱三十円の机の上に立たせながら
遥かに豪奢な街の背景となりつつあるあなた
空のやうな沈黙を更に精緻にし続けるあなた

機　械

ふりかへるごとに
母の立つてゐる日があつた
死は時折訪れ
かちかちに萎びた祖父や

妹をくはへて去り
夜具の陰にはしばしば
青い稲妻がはしつたが
ふりかへるごとに
母の立つてゐる日があつた
ひとり慄へて
飛び立てぬ幼い僕の死を
じつと抑へてゐる温かい羽があり
午後には雲を吹きはらふ微風があり
冬の夜のカアテンを引く手があり
睫毛のへりには
雨に光るガラスの町があつた
だが僕を包んでゐた母はもうない
僕はきつとそれを何処かで
破つてしまつたのだ
あれは届いたばかりの

小包の匂ひであつたか
少年の嗅覚のなかで
こまやかな繊維の和紙に漉かれ
何も彼もとうめいに包んでゐたのは
僕はきつとそれを
何処かで破つてしまつたのだ
病気がもう僕自身では背負ひきれぬ程
重くなつた朝
銃火の街の騒音につい上気して人を
叱つてしまつた昼
凍えた窓にマントも持たぬ影の何時迄も
映つてゐた夜
僕はきつとそれを破つてしまつたのだ

小さな印刷工場の夕暮
皆がにがい米になり

機械の間からさらさら零《こぼ》れ落ちる時刻
いつか
がたがたに壊れてしまつた
機械のやうに
日々の悪口や嘲笑の下
いくらやり直しても
もはや僕に
紙を破ることしか出来なかつたとしても
それが僕の希ひでない
と云ふことだけを知つてゐる

隠者

記憶の始源に
紡車の一筋の音が
母自身を巻くのを聴く

隠者のやうにも遠い内部——つねに
母はぼくの午睡をはばかり
夕陽に透く家の傾きを
少しづつ起す
山が秘めるやうにすると
灯は赤味を加へ　手足が
それを猶掻き立て
夕食の苦味で家族の歯が揃ふ

母は更にひつそりと身を削る
或いはゆたかに微笑より気化
夜半ひかる繭屑を
風に散らす

斯くて短い遺言を終り
数滴の涙をこぼすのに

あなたは枕の上に僅かに
頰を傾けるのみで足りた

記憶の最終まで
紡車の一筋の音が
沈黙を巻き続けるのを聴く

火の髪

人も秋の美しい杭のやうに立つてゐるといい
あちらに一本　こちらに一本
すると私はひとを見ないだらう
人と人とのあひだの空間だけを
つめたい夕陽の埠頭などでみつめてゐるだらう
苦しみつづける彼らに曳かれながら
いつかむらさきの風船がふくらみあひ

彼らをよそに　そつと頬を触れ合ふのを……
いま彼らの裡の広い梢を　くぐつたり
越えたりしてゐる微風があるのだと
やがて私は気づくだらう
あるとき誰にもさとられぬやう繋縄《つなぎなは》だけを残し
杭は折れてしまつてゐたりするだらう

後方へ　とうめいな空間が髪のやうに靡くと
やうやく私は風に抗《さか》らひはじめてゐるのだ

星の鋲

蜥蜴《とかげ》のやうに　あんなにすばしこかつたものが
死を前にどうして逃げおほせなかつたといふ事があらう
(苦しみだけが光り　光だけが飛翔できる)
――あの唯一つの実感！

それは君の屋根裏よりも薄明るい眼裏《まなうら》に棲み
いつも一つの天に面してゐるやうだつた

いつか君の眼は呟いたことがある
(猟季の果てた空には
撃たれた小鳥の血が何時迄もにじんでゐる)
今は　君に刺さつた棘《とげ》だけがもえる　そんな
季節で　天は時折異様な明るさにとどいた

(生きるつて塩つからくていいや)君の舌は
時に銅貨を舐め　火に赤くひらめいた
そんな時　君の眼の奥には苦しみだけが光り
それは物凄い迅さで君を捨て　空へ奔《はし》り
そして又次の苦しみが光つてゐた
あんなにすばしこかつたものが　死の前でも
どうして逃げおほせなかつたといふ事があらう

だから高層に鋲を打ち込みつづけた黒い汗の君は
鉄板のやうに厚い天の向う側からやつて来るだらう
星のやうに光を穿《とほ》しながら

耳の空に

空の中に　人が星を忘れてしまつた時
光は急に　歩みを緩めるわけではない
闇の中に　人たちが涙をきらめかす時
影は不意に　翼をひろげるのでもない

錯綜した軌条を照らす青ランプのやうに
にんげんのゐる処でだけ　あらゆる法則が
明るんでゐるといふ事はをかしなことです

空間は　音に溢れ　音に

渇いてゐる
その日も　夥しい音を抱へこみ
途方に暮れてゐるやうだつたが
はじめの雨条《すぢ》が　巧みにその隙間を縫ひ
世界の頬を裂き……
小さな音の蘇りは　虫が身じろいだのだつたらうか
(石の中に　私の耳は揺れた)
君は見たか　われわれの居ぬ時
ひとりの部屋で　白鳥の精になり　兎に
なり窓の外へ消える少女を
われわれの居ぬ時　虫は何になるか
砂粒に似た虫卵は
傾いた雨の葉つぱの上にあり
卵のへりで葉虫は傘になり慄へる毛布になり
その他名前も知らぬさまざまな物になり……そして
卵の温つてゆくのがかんじられた

二日目　蟻が砂の雨を吸ひ
三日目　天から地へと水が沁みる時
心臓から蹠へと搏つ私の血が聞えた
四日目　虫は啜らず　喰べず
五日目　雨は更にはげしくなつた
　虫の上に一切の仕草が洗はれ
六日目　ひからびた紙の端のやうに黄色くなり晴れかけた朝を
どこか遠くから知り合ひの風が着き
そつと剝がして空へ墜《お》とした
聞える限りのかすかな音を残して

取り除けられた石ころを消えた赤ランプの闇が呑み込むやうに
にんげんのゐる処そこでだけ　すべての法則が
盲《めし》ひになつてしまふと云ふ事は更にをかしなことです

あなたの果てしない頷きの前で

I

痺れた枝の指先が
神の実をとり落す
夢の外にあふれる光りを
消えた太陽が浴びる

泡立つ雲の間へ
しぼんで行く魚の歌
死に果てた夜の地平の
ふくらませる樹

この空間を
風景の裏がわに

誰が呼吸しているのか
眼に宿った水溜りを
向うへ　あなたが
漕いで居ることがある

Ⅱ

眼のうしろに開く貝がある
微笑みがもし隠された瞳孔につれ
ひろがって行く
天でなかったとしたら

どうして私に
夜光する一つの星が作れたろう
油の闇の中で
苦しみの塗料をもって

ちいさな仕事の火が
満ちたりて　はるかな
運行に加わるのが見える

その時　きえのこる椎骨の柱を
高まる夜の羽がいに重ねて
死者たちは身をふるわしつづける

Ⅲ

愛が
つれあいも無く
夜汽車のガラスに
顔を映している時

人は人の体のながさだけを歩き尽し
樹は樹の根のふかさだけを聴き尽し

そしてレールの音は
いつまでも空《うつ》ろな国をめぐっていた

愛の腕組みの輪の中の海よ
おまえはひとり組まれた腕の
いつか解けているのに気づかぬ

痛みがおまえを夢中にさせる（あの人は見たのだろうか　引き汐のなかの一滴
　あなたのにぶい光りを！）
愛は　誰かが死にゆく男の瞳孔を今一杯に広げるのを見た

Ⅳ

嘗ては私の奥地に
白い雨のように太陽の黙示を沁みこませていたひと
今はもうひとすじの皮膚の裂け目——傷口からだけ
あなたの髪が匂い　あなたの声が流れて来るばかり

あらかじめ遠くまで失われて在る首
あなたの果てしない頷きの前で
しだいにわたしの問いがいらだつので
たえまなくあなたの唇も答えの形を変える

ある時　声だけ消された対話が残り
あなたでもない　わたしでもない海が湛えられる
それから先　この岸に誰が問い誰が答えるかも知らず

それでも私は知っている
(どうしてあんなに深い海が
真夜なか一人の入水者を蘇生《よみがえ》らすのか)

少　女

レモンの皮膚の

光と目くばせ。
その時、僕のなかで、
急に一つのレモンが、影になって
行ったのかも知れない。

夕陽が、
冷たい風を、吸い始めると
チョークの白い輪が、
土から、剝がれそうになって
靡いた。
——それは、暗くなる地平の、
空へ開く、はじめての耳。
(誰が　こんなに私を壊すのか)
雲の呟きが、届いて来ると、
それから直ぐに、耳の周りは夜ばかりになる。

心のなかを沈む霧……ふと壁が、
しりぞきはじめる。
僕の手と僕のすきまを、うすい風が
通り抜けいる。〈今〉よりも遠いものを
聞いた事があったか。
すべての星に、小さな火がつき、
ひとつずつ燃え上るとき、その様に
夜も遠かった。人間の
ながい働きの時間が寐かされ、
ギブスの眠りに固まるまで。

死んだ野びえの、さらに死にたえる時。
空と大地、全く合わさった、大きな
目蓋の果てまで、
貧しい人達の脱いだ服が並ぶ。
流れを覗けば、僕の橋の下を、

暗い方へ、夢みがちに下って行く時間たち。
三時一五分。しかし静かに擦れ違う闇の中で、時計の針は、ふるえもしなかった。

星の瞬き一つが、世界を殺す
すると、思わぬ近くに、
少女が聞えてくるのだ。
(ね、見えるでしょう、わたしが菫の光に
お目んめ開く時、
瞼が、空の睫毛をこすり
上ってゆくのが)

太陽を西へ

I

太陽を

西へ廻すちからが
僕らを深い空の
水底へ傾かせる

あなたは神へ
神は僕へ　僕は死へ
おそらく死は愛へ
せめてやさしい泡を円く膨ませる

僕らが眠りに入るとき
それらは内側から息が抜かれて凋む
ひとつの大きな円だけを残し
小さな星たちも
そうして眠る
僕らだけを残して

Ⅱ

泡の呟きもやんだ海が
水に潜る音に驚く
それから誰か澪《みお》をひき遙かな沖に浮び上る
そのとき　僕は耳で立って居る

沖から　星よりも早い目くばせ
どんなに見つめても見つめられてしまう
光りを弱めながら
そのとき　僕は眼で立っている

不意に僕は
僕の声を聞く
死者よりももっと遠くに
僕の顔が

僕の瞳の海に現れるまでには
この死にはてた夜が要るのだ

Ⅲ

體温の海を
星たちがつめたいオールで漕ぎはじめる
血は黙って　廻る空の
うつくしい眩暈に従う

渦を巻いて吸いこまれる蝗
まわりの夜が速く動きだすと
遠い点にすぎないあなたが
大きな水脈の輪になって廻っているのが見える

いよいよ速く
もう

ひとりで廻れる
そこで　今
そっと　一滴
死者を落せばいい

Ⅳ

光と影が
樹の姿を組み変える
僕の皮膚の下にも
描かれたり　消されたりする魚がいる

浅い眠りの流れで　何に成らされているのか
若しそれがながされる一匹の魚であるなら
明日あなたは見えざる河の底に
一枚の光る鱗を捜し当てねばならぬ

（死者は僕の変らぬ未来）
形は聞いている
内部に歌わせながら
（未来も　今も
光と影で作られる
影と光で壊される）

V

言えることは
言いつくし　最早
言いつくせぬ事しか
残されて居ぬ

この果てしないひろがりに
手を添えてそっと廻そう
見えなくなる天體には

僕が左様ならと言うだけでいい

貝も
二つの殻をちぢめながら
夜となる海水を知っている

その時　向うがわの瞼
――空と海のスキマから
目を閉じる憐れな魚が見えておればいい

Ⅵ

夕陽にうすめられた風が
葉や幹の色を溶かしてしまうと
空には樹の形に
一本の空白が立って居る

寄せ引きする波の面にうつしていると
やがて僕も居なくなった
それから　犬を　山を
白く消して遊んだ

木の実が
落ちて来たり
舌が入って行ったりすると

僕も何処からかペンで合図しながら
淋しい遊びから
外へ出てくるのであった

蒼ざめた貌について

もの音が　ひそかに身をかくすと　神よ　あなたは大きくなります
R・M・リルケ

〈その一〉

1

魂に刺さった棘《とげ》の
封印

2

死者の胃の腑の
黒耀石

氷の中の
魚の酔い

3

ある夜
僕は見て過ぎる
髪の毛の中で光る
雨滴を

村の繁みの中の
赤い星を

つぎの日
僕は又見て過ぎる
歯の欠けた
微笑みを

牧師の
枯木の腕を

昼も夜も
現象は
外貌のまま乾いていった

そして　つぎの夜
僕はもう何も見なかった

(俺を映す鏡は
俺でないもので犇いている!)

無限の空に届こうとしてふるえる呪咀——
僕は
不思議な空間で

しきりと燐を溶かすらしかった

夢のなかで
はげしくベルが鳴った

その時
僕のベッドから蹌踉と起ち上って行った
途方もなく大きな人の影

〈その二〉

〈眼〉

1

何処か遠い世界の場末の方で散っているガラスの木の葉たち
彼らはうす青い地平にふれ何か悲しげに砕けているのだが、未来という国には音
がない

誰かが往ったり来たりしている

そして時々じっと僕の眼を見つめるのだ

2　〈ロ〉

頭蓋の下の傾いた室
虚無の天井にゆらぐ焔

記憶の鼠の走る音も薄れて
ほの暗い棚にぼんやり光る角壜

秋から冬へ　扉のスキ間で
風は素早く交替する

眼は見ていた
被せられた棘の冠を　脱がれる苦悶の上衣を

夜ふけの風が閉じ忘れた扉の上を吹いてゆくと眼も慄えて瞼をおろす

見られることをやめる〈今日〉
鏡の奥へきえる人

青銅の口を正しくとじ
今夜も遠方であなたが死ぬ

カアテンにうつる葦の蒼ざめた微笑
眠りの向う側が火事のように明るい

3　〈耳〉

苛《いら》だたしく扉を押すことで始まらぬ散歩ってあるだろうか
洋燈を消すことで終らぬ夜がないように
そのとき　誰でも呟くのだ
「風に当りに……」

その時誰でも内側から暗い箱のボタンを押すのだ
すると蓋があいて　外の空間は

落葉が降っているので餘計ガラスのように光ってみえる
「切り裂かれた魚の白い腹……」

駅では大時計が乾いた咽頭《のど》に未来を流しこんでいる
汽車を待つことに馴らされた客たちは
切符を買う代りに　つい眠りを求めてしまうのだ
そして網棚に載せるように　その中に一日の
重い手荷物を詰めこんでしまうのだ
(今日のホームから　明日のホームへ
　手に餘る荷を運んでくれる
　聖なる赤帽も　もう居ない)

暗い処でひそかに転轍される音がして　運命も向きを変えたのを　あなたは知らない
駅長室で靴の擦れる音がして　時間が床に擦れているのがあなたには聞えない

酔いどれの義歯がかすかに光っている裏通りで
私のしぼんだからだの影や柔かい魂の生毛が
風に遇って　ひとしきり慄えています

いまも未だ　あなたは言うのでしょうか
すべては虚しいと
(黙っていても還ってくるものがあるとき)
それでも未だ　あなたは言うのでしょうか
単なる言葉の魔術にすぎぬと
(貧しい咽頭《のど》に、菫の音色がともったり
　消されたりする時にも)

あなたの方へ歩いてゆく代りに　私は私の方へ引き帰してくる
その時　誰でも呟くのだ
「不幸な散歩……」

ベッドの中で眼をとじると私は又暗い箱になります
しかし　私にはわかります　静かに幻影の溶けてゆくのが
そして私はききます　もれてくる低い祈りの声を夜どおし大きな耳を　眠れる地
　平に開いて……

深夜の薔薇

歩いて居れば
それがどんなにひどい蹌踉《よろめき》であろうと
歩いて居れば
いつか道が切れて
ユトリロの　晩期の
薔薇色の
空があるだろう
折れ曲った釘のような

二本の手に
ランプが黒い影を燃やす

夜
僕が死ぬ
倒れてゆくのは
見えなくなるのは
悪に満たされた僕の経験であるだろう

空は
不意に明るさを増すだろう
其処から細く
僕の永劫が始まるだろう
僕の居ないということが
静かに始まるだろう
だがそれは違っている

僕が始めから居なかったということとは

僕は居たのだ
夕昏れに薄目を開き
心弱く悪事の限りをなし
人を傷めながら
生れた日からすぐに
僕は居たのだ

木が焼け
壁が壊れてできた空間は
始めから在った空間とは異る
ある日　僕が消されて　できた空間が
始めから純粋に在った空間とまじる
その時の泡立ち
ある夜　僕が刈り取られてできた窪みに

シャボシャボと永劫が流れ込む
その時の水音

部屋に帰り着いた僕が
一枚一枚服を脱いで
眠りの中へ落ちてゆくとき
それがたといひそかな夜の慣わしにすぎなくとも
僕は一枚一枚生の匂いのする服を脱ぎすて
死の中へ降りてゆく　この慣わしを
尊ばねばならぬ

今夜も僕は服を脱ぐだろう
ベッドの上にひらめの様に
平たくなって眠るだろう
誰かがそれをじっと視つめているだろう
だが仮装された沈黙は　深夜死の雲の切れ目にひとり目ざめる

その雲の切れ目もやがて縫い合わされるだろう
その時
僕の眠りに落される
一輪の薔薇

こうして出来た
各人の永劫の上に
今日も夜が明け
今夜も日が暮れてゆくのを
君は感じないか。

Ⅱ

何処に

1

儂は死ぬまで観客を予想しているにちがいない。滅法こわいのに思わず笑ったりなどするにちがいない。嘲笑や憫笑、馬鹿笑いなどを巻きこみ、終日、うるさく机のまわりにたまってゆく埃りの中で　しずかに内側より鍵をかける。だのに儂には思い出せない、そこにいる君が。寐棺の中に君がよこたわったように　儂の中に夜がよこたわる。だのに儂はおもい出せない　そこにいる君を。

2

室の外を、儂の外を過ぎてゆく夥しい明日、おまえは死なない。内側にだけ灯はともるのに外側だけが　いつも明るいのは　きっとおまえのせいだ。

室の中へ　儂の中へ倒れこんでくる夥しい今日、おまえは死ぬ。夕べの疲れの
かぎりない重量は　恐らくおまえのせいだ。

3

青い螢籠、昨日の都市は儂の呟きで　ひとつずつ灯りを消していったが……
(みわたすかぎり掘っくりかえされて穴ぼこの地球、うなされた窓から茜色の少
女が消える。栄光よりも刑罰にこそ愛される現在《いま》はなんという時なのか。この騒
音を吐く薄い唇はどこにあり、この飢えを配る残酷な手はどこにあるのか。)……
いまも、地球ではたとえば病室の痰壷の周りや欠けおちていった希みの跡などに
いつまでも　まつわりついている闇があり、それらはひとしく啞の口をひらき
なにかを喚いているが、最も酷く穿たれた穴の中へ　眠りはやがて最も濃ゆくな
だれ込むのだろう。その眠りの奥、そこでさえ儂は逢わぬ。破れた靴の儘横たわ
った君と。

4

かつて白昼の公園に　燈のかがやいているのを幻想したことはなかったか。正

午の自明さへの　熱っぽい抵抗がさらに明るい花弁状の光芒を発しているのを見たことはなかったか。たった一度その正午の白光の中で、明日の眩しさの中で、儂は君と行擦ったことがある。永遠に死の中に眠る人よ　君はいま何処にいるか。

5

夜は触れる。眠った地球の耳に、冴えた鋼鉄の背に　冷えた銀行の扉に。窓をわたる風は　さびしい夜ふけの儂の眠りをさまし、おぼろな明日のまつげを　ふるわし、昨日の都市の暗い露路の方へ消える。樹の裏側より射す落日につい　ほほえみかけた人。君はいま何処にいるか。

ことこと　窓に音たてる風よ。
永遠に　死の中に眠る人よ。

手の蔭に

たとえば　厚ガラスの外側を濃い霧の洗ってゆく夜　僕は　ぼくの手の蔭にあ

って見えぬペン先を　ながいながい時間をかけ、捜しあぐねていはしなかったろうか。たとえば　又　厚ガラスの内側へ淡い霧の流れている夜　僕は　ぼくの手の蔭にあって見えぬペン先を　ながいながい時間ののち　やっと捜しあてはしなかったろうか。

既に　誰かが腰かけながら待っている椅子の上に　僕は落ちつきはらってオーバを脱ぎ　チョッキを投げ、ネクタイを滑らし、桟の曲った釘にソフト帽を掛ける。斯うして　古代からの孤独な機能のように　僕から毎日正午の騒音が消えてゆく。

〈カルテ。ヒステリックな患者の瞳孔反応。聴診。黒いゴム管を伝ってくる人類の朝の疲労感。に対する薄っぺらな処方箋。午后の病棟。そこにくくりつけられた胸の薄い少女のほほえみ。暗い廊下。……頼まれたことのない　頼みようのない所へ往く道です。とわに　空虚な遠い境には　なんにも見えません。自分の跫音もきこえません。体を靠せて休むだけの固い物もありません……きこえるメフィストの　声を……存在は義務だ　それが仮令　刹那の間でも……ファウス

トの呟きが追う。退勤電車の窓の重い花——落日。予感の火皿で　燃え燻ってい
る明日〉
　これら　立派な人生の飛石をつたって　だのに　夜ごと僕はぼくの赤い机に
スタンドの　スイッチを　ひねるためにのみ　かえってくる。

　壁にゆらぐ灯。しゅんかん　椅子の上で　みじろぎ　ぼんやり夜の中に溶けこんでいる、誰かの背。死を越ゆる手蔓となるため　灰の中には噴出する燐光の悲哀があるように、戦慄に閃光された巌壁の旗を見るため、僕の傲慢で我利我利の胸壁の内側を　青く照明する病菌の執拗な夕べの微熱があるのだろう。窓をとざすと直立する炎のように窓をとざすと眼がかがやくのである。ひとり　そしてひとりでに。群集のいない室、僕は夜ごと　其処で僕の帰りを待ちわびている後向きの病気に会う。不意に　衰えた両手で頬を撫で上げられるのだが　その手の冷えの余情は　ふしぎにリズミカルである。やがて親しげに　僕はその年老いた微笑みを上からのぞきこみ、その疎らになった頭髪にさわり、僕自身の黄昏れの深さを測る。そして遠く目を窓の向うにむける。瘦せて尖った　僕の肩から家族の肩へと　うすれてゆく　果てしない　黄昏れの方へ……

たとえば　厚ガラスの外側を濃い霧の洗ってゆく夜、僕は　僕の手の蔭にあり一向に捜しあてなかった鉄ペンほどに　この黄昏れを　愛惜しているのだろうか。たとえば、また　厚ガラスの内側へ　淡い霧の流れている夜、僕の手の蔭にあるたった一粒の塩、カチカチに氷結した「不幸」よ。

アフォリスメン

1

何かが　遠ざかりつつあった　僕から泥濘が、世界から青白い少女が……かくて
凍結しはじめる壁の奥の鏡

2

灯を消した宮殿　幻影は内側から夜明ける

3

僕の二本の手より
世界の　一つの唇《くち》へ
抛りこまれる
冷笑――アネモネ

4

瞳孔の
縦の亀裂に
ちろちろ　燃えている
鬼火
の中へ
うっとりと
身を投げる
猫

死者の街
権利だけが　ひそかに目を開く
黒い鉄骨のベッドで

6

街音の終焉
にんげんの　ひそかな　夜の背
そこにひらく花
花……
必然に関するきびしい眼の
目ざめている限り
整列する
ガラスの花　花……

7

眼窩を　浸蝕する波

の上の
赤い月
の
虧けるとき
海に
映る
良心は
晴天です

8

僕には掴めない　火皿の上の一粒の死に懸る虹
僕には掴める火皿の上で萎んでゆく死の核の胡麻粒

9

都心の夜の小さな寐顔
切断された明日

轢死した昨日
むごい遮断機の下に眠る小さな寝顔
は書くことの一切を終り
窓の外に迫る
黒い深夜の羽音を待った

ここを過ぎて
眠りは
明日へ降る

それだのに今は

それだのに今は朝なのである
電車の窓は埃りで白ッポクなっている
そういえば　僕の夜の机もうすい埃りの皮を張っていた

聯想をもつものは　更にくらい扉《どあ》に突き当るにすぎない
なんにも　考えずにいることが　救いなのでもない
電車は　名のみ　朝の軌条を　走っている
そして　やがて　僕は　おろされてしまうのである
すれ違う電車の中の　すれ違う　いく多の
運命よ　と　呟くことが
ひがしの空に　花のような　朝焼けがあったにしろ
なかったにしろ
ふいに　美しく　輝きはじめるわけでもない

電車の窓は　埃りで白ッポクなっている
そういえば　僕の夜の机も　うすい埃りの皮を張っていた
それだのに　今は　朝なのである

予感する夜に

胸に手をあてた儘の姿勢の上を　貪婪に時は移ってゆく。乗車切符　時間外手当　すべて乏しいもののみの上で時は捉えようのないもののみのもつ残酷さであざやかに歳月と化してゆく。

その歳月の隙間に　すらりと伸びて褐色《かちいろ》に灼けて少女の腕がある。それは予感を匂わせている　世界唯一のものだ。お前の下半身が既にお前のお母さんの　市人夫の怒声や、この黄ばんで窓の少い建物の臭気におかされていようと　胴から上は　まだ　お前のものだ

地に突刺さった　小銃の林
空に黒く沁みこんだ硝煙の雲
夜に這う　露出せる神経の地虫の歌
末梢に　鬱積した血の汚濁と騒擾
脱ぐべき衣裳のすべてをぬぎ　私的な何ものももたぬ魂の内部では死の情緒の

すべても喰いつくされ　お前の父はもはや自分の苦しみさえなく　石のような外形を　からからに乾びた眼球を　ただ鴉に　啄みさしておれば　こと足りたのだろうか

異様な季節の　異常な風景の中に　父を埋めたお前の肖像が初夏の微風に　溶けながら懸っている　滴りは呟く〈真綿の中に死をつつめよ。如何に酷薄な星の下でも〉

気胸を施された左の胸部を押えたままの姿勢で　夜はいつか朝と　朝はさらに夜といれかわっているのであるが歳月のながい重さが何を造ってゆくか　僕は目を遠くへ放つことができる。古い夜と古い朝と　そしてそのうずたかい積み重なりの中へ　未来市民のはれやかな　おもざしの流れこんでくるのを　たのしく思いえがくことができる。モヂリアニの絵の中の少女のように　お前が長い首をかしげて　窓から　日を失った街の紫色を　みつめているとき、さらに　僕はこの　ほのぐらい部屋から　お前という窓を透して、ひとつの黄昏れが　急速に満たされてゆくのを　かんじる

つやもなく　暮色の　こぼれ出ていた扉がしめられるとこの街の背から　のろのろ月が出てゆくのであるが　その月もやがて消えてゆく頃　濃い闇の底で　僕は先ず僕から罪の離れてゆく　幻影をもつ。そして　しきりに予感する。僕の今の　悲惨が　お前たちの未来の栄光でありうることを。

死の上で止った小さな針が　見事　黒い昆虫を刺し　花のような　善良さの上で　しずかに　とまっているのを僕は見えざる　死期の翳りの下で　はげしくはげしく予感する。

しきりに　降ってくる予感。それを受けとめている尖った鏡。

それが　やがて　僕を　眠らせる。

少　女

枯木を過ぎ陸橋を過ぎて　僕はひとり下方より翳ってくる扉に遠く目をみひらいていたことがある　また僕はビルディングの壁を攀じ上った暮色が微明の青い

空に倒れるのを　電話ボックスの小窓から偷み見していたことがある。
狭められてくる暮色の中で少女だけが　ぼんやり出口のように明るい葬送曲の
徐ろにきえて行ったあとの空間のように　死のベッドからはみこぼれている沈黙
のようにある晴れた十月の朝の想念からふとつまみ上げた凋落の相のようにも

夜明け

もう僕を支えていぬ
ふき上げる風さえ
めずらしく壺のように
立っていた夜明け
かすかなかすかな
地平線にかすみながら
死は青空の果で
扁平になる

少女

液化する闇
優しき雅歌を唱う稚い唇
うち伏す老いたる額の芒　そこに日は赤いか
扉《どあ》のように何かがあかるい

戒律

黄昏　五時になると
外音《いん》を断ち切るため
戸をひく

おれは
くだらぬものたちによって
ほろぼされることを忌む

遠い日からの
あなたへの
みちのりをはかると

しずかなる
わたしへの
かえり路にふれる

おれを囚うるものは
おれ以外に
あってはならぬ

女に

或いは夜に

くらいネオンの列が切れ
鳥の啼き声も届きえぬ
ふかい歩道の闇を
肩の上につもった雪が
白い浮標のように　流れていったと
あの終りの夜に　ひとり呼びかけねばならないのか。

二人のみの声を閉じこめて満ち干した
永い悲哀と歓喜の波のつらなりも
今となってみれば　もはや
小さな星の瞬きの間にすぎぬと　誰が言うのか。

ひそかに汐の満ちわたる刻がきて
鳥の啼き声も届きえぬ遙かな沖を
一羽の鷺が　白い浮標のように流れていったと
あの終りの夜の海に　ひとり呼びかけねばならないのか。

影

夜半の影の中より追放されるもの！

水分を失う壁
荒々しき照明に浮びあがる壁
砦となり俺を包囲する壁
苦しき持続に亀裂する壁

一瞬　光の中を過ぎる人
影を曳く尾行者の列

向うの窓からのぞいている
氷のように冷えきった美貌！

今　地球に注がれた
鼠の小さな眼光を怖れねばならぬ
地球は鼠の眼の奥へ吸われる
吐き出されてくる一人の人間

実に長い間　彼は光の何たるかを知らされぬ
彼はひとり　影の何たるかを学ぶ
寐台をもたぬ病気は
夜も昼も事務所の床や陸橋の上で
立ったまま咳きつづける

希望の夕映の中から
ふいに小鳥は咳きこんだまま落ちてくる

骨を拾うように　影を拾い上げ
骨を埋めるように　影を埋める

拾い上げた場所に　埋めた処に
人間が立ち　地球が転っている
焼場の夕日に　人間の影は長いか
墓地の日没に　地球の影は重いか

影
佇ち止まる影
動いている影
影
影に驚く影
影に凭れる影
影
予感の影

行為の影
影
影を生む影
影の中に死ぬ影
影　光を包む影
影　影の中より洩れる光り
影　夥しき影

遠い晩夏の薄暮……
暗い地平の果よりぎらぎら射す日光が　この室の青白き君主を灼いていた　余燼のように　もし　なにかが燻っていたとすれば　立ち上る影　服に手を通す影
　罪には罪の予感がまつわりついてはいなかったか
又　もし其のとき　窓からぼんやり街が見えていたとすれば（逸楽は悪の壺にのみ！）ベッドに倒れる影　一日の悪しき幻影にふくらみきって
それをみつめている耳の尖ったもう一人の男、その頬の筋肉の劇しい痙攣　かくして笑いは永遠に葬られはしなかったか

青白き君主より　その生涯より……
閉め出しを喰った笑いが
裏街の向うの低い墓地へ消える
墓地に向き
男の部屋の青ざめたドアが閉じられる

墓地には雫する雨　地球の裏側へ漏る雨
雨の中で静かに男の指はぬれる
立樹を離れる風　燭の火にきえる風
つき合した世界の暗い卓には誰もいない
笑いは
墓地で
夜半に還りくるものを待つ
（近づいてくるものが　今は一番遠い）
と呟きながら……

呟きは
垂直に
くらい男の頭上へ垂れていた

いなずま（或いは詩）

僕には家がない
僕には家を建てる力がない
勇気がない
決断がない
初秋の暴風の季節であった
うち伏した雑草には
黄色っぽい花もなく
ぼうばくと
削りとられた空間に

これから
積み上げてゆかねばならぬ
まぼろしの文字たちが
青く放射していた

運悪く

役所でどんなことがあったかしらない　その日運悪く　ぼくは　脳がひどくほてり　眼の奥がたまらなく　いたんでいた
そのときなぜ君の頬に　変てこな笑いが　うかび上ってきたのか、しらない
或いは　なぜ　さっきから　君の頬に　そいつが佇んでいたのかしらない
なんという悪運の夜だったろう！　数分後　僕は君の胸ぐらを　つかんでいたのだ

人生が終ってしまったように　ぼくには何んにもきこえぬ　垂れている腕よ握りしめている手よ　今夜（人間の尊厳）について、汝に何を発言する力が　のこされているというのか　窓越しに　白い雲がうかんでいるのがみえる。偶然に寄り合うのがみえる。偶然にちぎれてゆくのがみえる

汚れた手

花瓶は
オフィスに
診察室に
おしゃれ好きな令嬢の卓に
疲れはてた老人の目の前にある

だが
流れる微風に
移ろう翳りに

ふと　その位置を正そうとするとき
伸ばされた手より滴る血を見よ！
騒がしき　現代の　白昼《まひる》の中で。

壺

白昼の歩道に向って
あからさまなるものを抛て

夜の鏡に向って
汝の影を射殺せよ

尖ってくる運命を愛せよ
制作されたる恍惚の壺を愛せよ

それは奪われぬ絶対のもの

剃らざりし髭のごときもの
あらき毛にまつわるもの
ながき毛にそよぐもの

それは単なる歳月ではない
それは単なる歳月ではない

逆流してくる時間について

生後三ヶ月――
サンディエゴ日本人街区の日暮れ
俺のすばらしい水晶体の穹窿に
広い馬鈴薯畠に　抱かれて
はじめて　ひとりの　豊かな母が映ったのか

生涯の端っこで
場末の駅のように
眠ってしまった風景よ

風が
冷い石の中から吹いてこぬように
時間はもはやそこからは流れてこない
胃袋が
紙片によって　養われることがないように
俺の腕はもはやそれによっては太らぬ
鳥が
寒い海に落ちてゆかぬように
俺はもはや古びた駅には降りない

いま
木枯の街の入口で

街燈の蔭に　すっぽりはまりこんで
再び！　俺の眼はひらかれる
　雑沓を追越すように　現在を追いこし
　夕日に触れるように　終末にふれ
　灰を掴むように　疎らな頭髪をつかみ
　妻を背負うように　未来を背おって！

俺の萎びて変色した水晶体に
はじめて　（招き寄せられた明日）が映る

逆流してきた
気温の渦に
巻きこまれ
小さな街には
今夜　しぐれが落ちる

凍りついた腕時計をのぞきこみ
はるかな停留所に現われる
終電車の灯を待つ人々よ。

在る

雨の中に暮れてゆく街を眺めながら
いつまでも靴で床板を擦っているということから
何が始るというのか

うす赤い吸取紙に　インクの波が吸われつくして
しまったということの中で
何が終ったというのか

窓の内側に椅子がある　インク壺が　妻がある　瞬間がある　個人の自由がある
窓の外側に　鰯雲がある　均《な》らされた丘が　君主がある未来がある　人間の可能

性がある

ある　在る　ある！

ベートゥベンの　黄金の鼓膜に　ある日　一本の亀裂が入ったとき
鶏頭の最后の朱が　ある日　事務机の上に崩れていったとき
終末の　照明下に　あらあらしく刻まれた文字――「運命」のように「時間」の
ように、それらはある

ある　在る　ある！

足を失った歩行者の前にある　自由の
既に印鑑を捺してしまった男の狼狽の中にある　正義のその完璧さを思うがいい
そしてわれわれの前にある生の……
一夜の来訪者にせよ　一瞬の歓喜にせよ　一人の　死にせよ

すでに　それがわれわれの掌の中にあるというとき
それは　世のすべての鐘の鳴り終ったことを告げる！

観念は太古の霧に　眠るがいい
肉体は近代の嵐に　醒めるがいい
存在は終末の悲哀に　破れるがいい

そのようにして　今がある　明日が在る　来年がある

ある　在る　ある！

びょうき

スタンドは傾く　夜の卓の上に
スタンドは重い　僕の病気の上に

昼　卓は在る　電球の中の光りの不在
昼　病気は在る　室の中の僕の皆虧蝕

光りは帰ってくる　多くの日暮れの影を従え
僕は帰りつく　裏門のベルの前へ

光りは拡がる　ふたたび夜の卓の上に
病気は照らされる　ほのぐらい夜の斜面に

遠い森の灯の下で　ひとり蛾が舞っている
肱をついた僕の中で　やがて病気の寐息がきこえる

蝶

いちまいの蝶よ
ひとりの主よ

永遠の均衡に
宙に彫りこめられたものたち
御身らの
つるされた重心は　ひかる
しゅんかんの　そらの反映にさえ

黒い卵

薄明に慄える樹々
黄昏へ降りてゆくかすかな靴音
——ひとつの窓に
　あらゆる風景が消えかかる

柵のように
並び立つ
無数の

汚れた手のひらに
いま
死んだ暦を

離れる朽ち葉
一日の終り
皿を拭くひと……
母よ　あなたの手にも

私もあなたももはや「明日」には何も賭けることができない
池には俯向いた人の顔だけが映るというただそれだけの理由で
私たちの指は数多のカードの中から暗く死にはてた「今日」を抜きとってしまう

何か言いかけようとしたまま
化石してしまった口
　骨に刻まれた号泣を愛せよ

砕けたガラス器の前で
色青ざめる手
　岩に沁みる劬《（ママ＊）》はりを熱くせよ
熱い唾液をのみこみ
つぎの瞬間に賭ける咽頭《のど》
　言い直されることなき言葉を愛せよ

次第に
翳ってくる台所の窓に
彫りこまれた後姿
街の屋根を吹く風は
こともなく　あなたの柔かい外廓を溶かし
ときどき　あなたは全くとうめいになり
そこから　きえてゆくが
母よ
佇むあなたの影は

＊原文通り、音訓不明

黒い卵を抱き
日暮れのベッドへ
蹲みこむ……

〈夜〉又は〈女〉に

くらいネオンの列が切れ
肩の上につもった雪が
まじりけのない白さにかえったとき
お前は遠くでふりむいた
（大戦がはじまっていた……）
十年前
一夜　清冽な白さは
孤独な僕の寐台を縁《ふち》どった

ひとが思わず　ふりむくのは

扉が　固く閉されているとき
　未来が　暗く　奪われているとき

僕の知らない夜
造花のごとく
他愛もなく手足を折りまげられ
寐棺の中に
お前が横たわったように
僕の中に
夜が横たわり
夜だけが灯をもつように
お前だけが灯をとぼすとき
たばこをくわえ　ぼんやり佇っている街角で
僕はたやすく　灯のともる　くだとなってしまう

顫える炭素線よ

女よ
いまでも
まだ　お前はふりむくか

昨日も明日も

事務所の仕事の合い間
お茶を啜っているとき
僕の頭の天井裏——
くらい夜のような幕には
家でひとり雑巾掛けしている
妻が写っている

妻がひとり雑巾掛けしているとき
その頭の天井裏——
くらい夜のような幕には

ひとりお茶を啜っている僕が
やはり写っているにちがいないんだ

人知れず
はるかな胸の内側を
のぞきこんだ眼が
事務所のデスクの前や
家の三畳の間で
又人知れず
干魚の目のように
曇ってゆくのを
誰に言ったらいいのか

千の萬の
デスクの前で
千の萬の

居間の中で
われわれの見送るのはいつも同じ今日であり
われわれの迎えるのはいつも同じ明日である
(高まってゆく悲哀も
減ってゆく快楽もありやしない……)

遠くも近くもならぬ風景のように
窓に倚れば　目の高さに
いつもただ　ぼんやり死だけがみえている

ふと　それが　はげしい軍楽の中から湧き起ってくるにしろ
又　濃い夜霧の中へ消えてゆくにしろ
われらの　おびただしい足音
靴の大地に擦れる音は
いつも固い死の中にのみ反響しているにちがいないのだが
(嘗て死に値する

何ものがあったか……）

僕はネオンのつきはじめた小さな露地を曲る
靴の大地に擦れる音は窓ガラスの中へきえる
昨日も明日も小さな露地を曲り窓ガラスの中へきえる
昨日も明日も窓ガラスの中より出て小さな露地を曲る
（そこになにも秘密な
　からくりなどありやしない……）

風の渡る夜――
窓ガラスの外で木の葉が散っている
静かな一枚一枚の夜の重なり
それは熱ばんだ奇怪な大地の額を冷やす
すると僕の中でもかすかになにかが散りはじめる深夜
消しわすれたラヂオに不思議な電波が届いている

風の渡る夜——
窓ガラスの中で薔薇が散っている
しんとしてことりともしない室に
不意に茜色の死の溶液が満たされると
一せいに壁はよみがえり
わかわかしい残照を浴び
一掻きの傷痕がうき上り
それが光り　暫くの間　すこしも衰えず
螢光の尾をひき
すこしずつうすれてゆき
もとの暗さに返った壁には
亡びた幻影が映り
僕の影法師が映り
痩せた骨のほほえみがうつり
ほほえみは僕の頬骨のあたりに熟れ
それが僕にだけ見え

やがて全く見えなくなり
そして風の渡る夜——
窓ガラスの外では
昨日も明日も木の葉が散っているのである。

赤い花瓣

鎧扉の口が大きく開いて濡れ鼠のように湿った一群の人が吐き出される
(透明に光るレイン・コート、ネクタイや豪華なファッション・ショウのある
五月のデパート、ここに僕を酔わせる幻影はもうない——あの卓上の一滴の赤
酒の外は……)
と屋上で誰が呟くのだろう
呟きは漆のように濡れて光る雨の街の上に落され、重油の彩りのようにひろがっ
てゆく
涙でこねられた泥濘　そこに宿る不気味なネオンを反映して　青く眼の光るとき

或る西欧の国の青年のように　僕は泣いているかもしれぬ

群集の窓から　突き出されたひとつの顔
このような時　暗い雨の下から
僕らの中から君が　君らの中から僕が
ぼんやりと姿を現わし
やがてきまりきったように言い出す言葉は――
（僕は君じゃない！）
窓ではいつも憎悪が風に吹かれている

霧の中に痩せた男がひとり
（思うようにならぬ一日のなんと永いことか）
人知れず洩れる小さな吐息は　吐かれてその場で死ぬ
（訴えようにも誰も居りやしない）
呟きはじかに黒い大地に沁みこんでゆく
頬に触れるのは　倦怠のようにぬるい風ばかり

階段に足を掛け　すこし前屈みになり　誰かに利用されるのをひそかに待つというのか

暗い夜の希望
だが死はもはや僕らの脳の襞にひそむ神秘な星ではない。
僕らはそれを見失う——
固い乳房の中にも　逞しい胸の隆起の蔭にも。
そしてそれは現れる　不意に僕らの外側に
たとえば
むなしく我等の靴音を反響する夜ふけの壁の中に
又その壁を映すウインドウ・ガラスの長い連なりの中に
僕らは固く閉じこめられている

眠りに浮いている赤い花瓣——
睡眠の昏い底から射してくる光りに透きとおり
つめたく澄んだ靄の面にちりしいている

手はむしっていたのだ
夕映の残照のときばかり　荒々しく浮び上ってくる
赤い花瓣を
〈完き死〉の思いを。

嘆き

俺には
したいことが山ほどあって
丁度　机に向っているとき
隣りのおかみさんの工合が悪いから
一寸きてくれと
言ってくるように
俺の死がくるのだろうか

俺には

よりどころのない寂しさが一ぱいあって
丁度　室を暗くしてひとり坐っているとき
水道の栓が壊れたから
直してくれと
言ってくるように
俺の死がくるのだろうか

迎えがくると
そそくさと煙草の火をもみつぶし
仕事着のまま
走りつけて行かねばならないのか
そのあと
掘りのこされた坑道のように
あんぐり口をあけ
俺の室の入口に
いつまでも　閉じられずにいる扉は

誰に見られるのだろう

いつまでもちからなくあいている扉を
時として
夜おそく舞いこんでくる
嗄がれた風が
そっと閉じて行くことがある

まるで歯の根も合わぬといった工合に
はげしく震わしてゆくことがある

或いは
雨となってしまった朝無数の脚もとへ
ぐったり閉じられた
扉のすき間から
蝙蝠を溶かしたような

くらさが
いつまでも
こぼれ出ていることがある

骨の火

ふるえる雪のように白い看護婦さんをとりまいた
児童たちの前で
駱駝のように突き出て膿を垂らす背椎の瘤を治療してもらうことは……?
最も正確な答のように
嘲笑と罵声の渦が沸きおこった
椎骨を病んだその児は
看護婦さんへのひそかな思慕に耐えながら
(こんな!　こんなでたらめな……)
と思うのだった。

さみしさは

さみしさはこんなところにもちらかっていて
夕暮の空の雲を片附けます
さみしさはこんなところにもまつわりついていて
少女の声を頰から払いのけます
さみしさはこんなところにも飛んでいて
蟆子をかすかな風に追います
さみしさはこんなところにもこぼれていて
よくない噂のひとを慕います
さみしさは
闇を伝流する螢光から

反射する二つの異質の眼から
眼窩のように陥落したある審判《さばき》から
さみしさは
ふるえる雨から
もえつきる蠟燭から
ひとつの寐顔から
溶かされた脂《あぶら》のように流れはじめるのです。

死のおもい

誰の靴も　誰の洋傘も借らず
レイン・コートの襟を立て
ひとりあの橋をわたって行こう
街の窓々には　折からの黄昏で
芥子の花のような燈火がゆれていようと
ひっそりあなたの家の窓の下を通って行こう

橋からみえる風景は菫色に美しく
窓の向うにはあなたのほほえみがひきつってみえる
だが　わたしの中でこんなにも疲れているわたしが　一体誰に見えたろう

或る夕べ

僕が死んだらどうなるのか

木蔭の僕の窓に　見馴れぬちいさな鳥がきて、いつまでも　しずかな朝焼けをみつめているかもしれない
そういった風景が見馴れたものとなった頃　季節の風にのって　鳥はひらり窓からどこかへ飛去ってゆくかもしれない

そのとき　誰がまだ僕を覚えていてくれよう
こんなさみしさに辿りつくため
ある夕べ

あなたと僕はめぐりあったのでしょうか

冬の匂い

熱いものが冷えてゆく
珈琲が　愛が……
そんなとき　ふとうつむく項《うなじ》だったので
きいろい光線の中の机の上で
頬杖ついた肱も　かすかに匂うのでした
だんだん光りのうすれてゆくところで
すこしずつ闇は闇に成っていった

◎

誰も乗っていない車を

誰が挽いているのか私は知らなかった

四角なうすぐらい箱があり
その一米ほど前であがくようにして動いているものを
私は永くしらなかった

首の長い目のおちくぼんだ動物がおり
ときどき　しわがれ　かすれた白い声で囁《な》くのを
なんのためのこえであるか私は知らなかった

車はふしぎな道を登りつめるらしかった

坂の下では　胴体のない犬が　しきりと海に鼻をこすりつけていた

雲の中には　ぜいぜい気管を鳴らし　呼吸《いき》する一羽の鳥

そのとき　坂の上の家の窓に瞬間菫色の人が光った
ある夕べ　誰も乗っていない車を
誰が挽いているか私にはわかりかけていた

車には
灰が煙が死が
暮色にまぎれこみながら腰掛けているのだった。

終りのうた

手はこんなに傲慢にふるまっているのに
心はこんなにみじめにちぢかんでゆくのを　誰にも言えないで
時に大声をふりしぼって歌っていてもそれが
自分ひとりへ帰ってゆく私の声のないすすり泣きであるのが　誰にも聞えないで

ああ　このままで
あの暗い幕は　いつのまにか
目の前にするすると降りてきてしまうのでしょうか

枯木のうつる
窓の向うに
あなたが立っておられます
厚ガラスの向うで
開いたり　閉じたりする　あなたの唇《くち》
おともなく開閉する　蝶の翅
いっしんに見つめていると　私にはきこえてくるのでした
（あなたにとって最後の人になってさしあげます――終りの夜に　終りの歌に
……）

うつろさの中から　うつろさが　舞い上ってゆくように

（わたしたち）の中から（おわり）が舞い上りつづけます
それは　誰にも言えないで　誰にもきこえないで　電車の窓から春ちかい　卵いろの雲をみつめている　わたしたちの口や耳に　しずかにふりかかる火山灰のように　こえもなく積ってゆくのでした。

Ⅲ

息する空間

1

痺れた枝の指先が
実を取り落す
夢の外に　あふれる光りを
消えた太陽が浴びる

泡立つ雲の間へ
しぼんでゆく魚の歌
死にはてた夜の地平の
ふくらませる樹

この空間を
誰が
呼吸しているのか

捨てさることにより
拾うことにより
この風景の裏がわに

2

岬や　マストや　星を
陽の道の上において
あなたの
すばらしい遠近法
愛のように
風が吹いてきて

触れ合わす度ごとに
泡の間に見えてくる

歌は
かくされた骨の秩序の
澄みゆく色

音から
はなれる際の
音叉の最後の顫え

3

僕の海は
水平線の下に
横たわり
雨を聴いている

あなたは
別の青い孤になって
思わぬ方角から近づいてくる
はや星たちに　歌わせながら

誰が
ぼくらを縫い合わすのか
別々に眠ろうとするとき

その時
針の目に通される
ながい　ながい糸

森

冬には　どの電燈にも

ひとりの女が
棲んでいる
記憶の森を
黒くしながら
顫える
炭素線よ

＊　＊

土の炎――
かげろうの中の標的
僕を射つがいい
争いながら

あでやかな太陽の肩へ
一片一片の肉を与えつくした

空間

——鷗の女——

うす紙のよう　とうめいにのばされて
二つの空間の境界で　押したり　へこんだりしながら窓は海に、島に、密着し呼吸していた。
室まで霧がながれこんで　白い出口のよう　開いている夜だったので　汽笛の通過する窓から　あるとき女は　チョコレートと一緒に　青春を投げすてた。犬のようにうろついていたあの男が拾って　島からナポリへ連れていってくれた。
何年か経ってみれば　今度は女のすてられる番だった。
葡萄のようにしなびた乳房が、岩蔭で塩っぽい風に乾いていった。
（都会には　慈善興行だって　歓迎パーティだって　ないものはなかった。そ

れに心臓を凍らせるような無慈悲だって）
島の昔ながらの室で
スタンドをけすと、光は女のなかで半円をえがいた。
空が青くてらされ　照明の果に都会はもうなかった。
誰かの遠近法でばらまかれた小さな星たちが、見えざる円のような空間を交わらせながら　ふかい静もりに入っている。女は沖の青さに喉を細くし（鷗の女にかえり）霧の中でかすかに木笛の音を星の形にふくらませた
うす紙のよう　とうめいにのばされて
二つの空間の境界で　へこんだり押したりしながら
窓は　空に女に　密着し呼吸していた

死んだ人たち

退勤電車の灯を待っている
一群は
すっかり夜の物体となってしまったのに

いつまでも　鰯雲を
暮れのこる一方の天に
あかるく支えているのは　誰の手であろう

僕の片方の耳は
天にすれすれに開いているのに
この湿ったざわめきは何んであろう

銀行の黒い扉の閉じる音
独身者の靴の床に擦れる音
うすい吸取紙にすわれてゆくインクのさざ波の音
待ち佗びた妻の窓をしめる音
見られることをやめてベコニヤのしぼんでゆく音
門番の壁の影におどろく音
耳の尖ったもう一人の男が　壁の中から出てくる音
或いは　これらの音が　立ちどまり　動き

つながり　とぎれ　重なり合ってできた物音

時間は
日暮れの街を　通り抜けるとき
ついよろけて
物体につきあたり
音を立ててしまうのか

だが　これら夕のとどろきの中に
にわかに　ぽっかり白く穴のあく瞬間があり
それは　鰯雲のなかへ
さびしく色彩された気球のように昇ってゆく
赤ちゃけた灯の入った気球に
乗っている人たちの顔を
いつしか僕の夜にまみれた靴音が
ひとつずつ消してゆくのだった。

薔薇詩集

1

今日　夕映えは　がらんどうだ
苦しいひとよ　空のおくに　雪崩がする
ききとれぬ　かすかな　尾を引いて
あなたの　頬に　血がさす

2

陽は　そらに　炎の　梶棒を　ひく　高きへ
愛するものを　なげうてよ　種子の　ひと
つぶを　苦悩の　つちふかく　隠れしめよ
あなたへの　信頼は　夜明けの　芽ばえに　先立つ

3

いかり　その高みで　声は見る
下界に向ひ　しづかに枯れる　宇宙の
しわに沿つて　ひらく歓びを
一糸の　ナルシスも　まとはぬまま

4

嵐の　雪の　太陽の　悪口たたく
多くの　じぶんを　殺《ころ》してきた　銃声の
こだまだけが　よみがへる　西部の　空よりも
とほい　夜の　薔薇《さうび》が　ある

5

早春　あなたは　世界の　奇蹟を
咲く　死にきつた　じぶんの　裔《すゑ》を
消えいる　ひかりの　先《さき》の尖《さき》
天へ　言葉の水が　のぼる

6

綻《ほころ》び！　もしそれが　慄へ　でなかつたら
どうして　喪はれた　時間《とき》が　わたしに
とどき　得たらう　空気の　光のさざなみ
それなくして　飛翔も　鳥も　熟し得ぬ

7

眼を　閉ぢると　あなたが　ひらく
わたしが　未だ　ゆるせないとき　何処かに
それを　ゆるやかに　赦《ゆる》す　眼がある
根から花へ　いま　じいんと　あなたを　通り抜けてゆく者を　記憶して　おく
れ

8

あなたは　試される　譬へば　くるめく

棘の一行に……「美は怖しいものの始め」深あい古城の底から　いまも　棘に刺さつて　死んだ一本の　詩人の　指が　うたつてゐる

9

われらの自由は　往交ふ　車の流れを　よけて　歩くのみの自由　酒場から　墓場へ
冬の窓は　それを　映し出す　わたしはにぎる（あなたの　手に光る　ひとすぢの　霜の　藁！）

10

内部の　水が　困難から　困難へ
重ねられた　火と火　岩と岩の
あひだを　縫ひ　流れつづけてゐた　むかし
せいしんは　せいめいの　夜を　ふく
かぜの　息吹き——たとへやうもなく
巨きな　もの　の　呼吸《プノイマ》と*

おなじ　いみをもつた
（はなひら　より　うすい
　ゆふひの　顫へ）
こばまれた　微笑みを
ほほゑみの　つちに　うづめる

まちに　病みやすき　肺を　しぼめる
男も　にくしみも
きのふの　のこりの　滓も
あなたを　とほつて　そらへ　消えよ
（六十秒が　いくどもすぎ
　刻々あなたは　じやうぶつに　いそがしい）
げんけいしつ　と　さいばう　と
核で　つくられて　ゐるよりも
あなたの　声は　べつな　韻きを　もつ

土　と　水　と　大気　の……
もし　あなたの　うへに
やすらふ　虹が
あなたの　うるほへる　せいしんの　蒸気の
しんきろうで　なかつたとしたら
今日　あなたの　美しさは　何なのか

＊Pneuma Spiritus はギリシャ語及びラテン語にして何れも呼吸・精神を意味す

明日

（今日も……）と
私たちは　つぶやきます
ガラスのそらへ嘴をそろえて
今日よりもっと強い風がありますように

（不幸に……）と
私たちはつぶやきます
つめたい床を　靴で擦りながら
不幸よりもっと厳しい音でありますように

（眠ります……）と
私たちはつぶやきます
露台の水槽をのぞきこみながら
　眠りよいもっと濃い色がありますように

糸杉

I

太陽に
糸杉が立っている

太陽に
糸杉が消えている
白く
黒く

糸杉は
二重に炎え上る

II

二つに
小鳥の歌が
裂けると
樹では
一本の垂直線だけが
つよくなってゆく

固い砂地の
にぶい呟き
見上げたまま
人や犬が
吊りあげられる

(否定は
白昼の星
むしろあからさまに
冴えかえる筈
木霊する
完全なる空間)

正午
樹は
赤く灼けた

垂直線の
尖に
光線の球を
泡立たせる

(存在は
海底の岩
むしろ不意に
呼びかける問、
木霊より
ながくひそむ魚)

球体の
眩しい夢の壁
妖精が歌う
樹は

その空間に

感情の緑も
愛の実も……
だが形だけは
きびしくその外に残しながら

影の重たい歌ごえのほか
自分のなかに
もう何も聞えていぬとき
樹は遠くの空へ
球を手ばなす

岩かげで
草花は
球のかわりに

白い花をつけて揺れる

花　火

それは
差し出されるのです
引き裂かれ
空に潜ったひとつの音から

吊された
闇と星の花輪
暫く　風と
僕を奪いつくしながら

空しい喝采や
海の上へ

やがて　全くきえてゆきます

すると
あなたの引き裂いたものが
再び　闇に円く差し出されるのです

愛

I

陽の
眼の下に並んだ
樹の生徒たちが
一斉に　音読しはじめる

風の繰る第一頁は

(目をそらさぬこと!)
電車も　窓も　窓の向うの風景も
煙も　扉をあけて入ってくる人も　靴も

愛のレールを踏みしめてゆけばいいのだ
これだけを
ふみしめておればいいと云う風に

愛が　小さな駅で
ひとりになって降される時も
(さらに　瞬たかぬこと!)

II

愛が
つれあいもなく
夜汽車の窓に

ひとり顔をうつしているとき

汽車は
沢山の星と森を見捨て
ただ一つの　駅の眠りに向い
ながく山麓をめぐった

愛の腕組みの輪のなかの海よ
おまえは組まれた腕の
いつか解けているのを知らない

痛みが　おまえを夢中にさせる　いたみが　ありさえすれば　そこに白く浮んだ
　帆は
それは　ぼくの神なのだ

蠟燭

風に
そのとき
吹き消されたものは
何だったのか

始まりの炎が
微笑であったとしたら
今きえていったものは
もっときびしい別のもの

溶けてゆく
蠟の目盛の
二律背反

若しそうでないとしたら
炎を支えていた
この黒い芯は何?を測ったのか

光が

光が
音より
先に
円を閉じる

夜の
スキマの
荒れた
海と天

石と蟹
ずっと遅れてわれらも
光の網を投げる

暗い岸辺に
言葉を
手繰りよせながら

地球が廻っていると

地球が廻っていると
太陽と月が
レンズを
向ける

見られた部分が

頬のように盛りあがり
見えぬ部分が
眼のように窪んでいる

愛を
流しこむと
死が
写されている

風に　誰もが
乾かして
いる

闇

雨
―― あかるくなるまで
かぞえつづける

山
―― みえてくるまで
とけつづける

雨

天がくびれて
海がくびれる
犬の中で
長い糸が
きれる

形

はげしく
犬
の
中に
降りこむ
そとがわから
乾いていった

夕日の時

空で
ほほえみが
写される

渚の砂に
波が
現像している

地下に
光りをしまえ
世界のすべての
眼を消せ

つぎの夜

物音が　ひそやかに身をかくすと　神よ　あなたは大きくなります
R・M・リルケ

ある夜
僕は見て過ぎる

おなじような通路の
沢山な窓を

沢山な窓の中の
おなじような人を

つぎの日
僕は又見て過ぎる

夏の後の
秋のプールを

木曜の前の
水曜日の教会を

昼も夜も

現象は
外貌のまま乾いていった

そして　つぎの夜
僕は　もう何も見なかった

失踪した眼については
風景だけが知っているかもしれぬ

詩について　僕よりも
言葉だけが知っているように

(机のランプに照らされた
村や森の濃淡
それから灯の輪の縁にしたがって
しずかに閉じられる柵

やがて
山羊や馬の背に
星が美しく落ちはじめる）

どこかにある眼を通して
風が吹いている

僕は
不思議な空間を
後方へ　しきりと
髪のように靡かせるらしかった

夢の奥で
はげしくベルが鳴った

そのとき

僕のベッドから蹌踉と起ち上っていった
途方もなく大きな人の影！

球体の夢

月光にぬれた空間で
今、地球に映っているのは
何だろう

あなたの眼球が
今　ひとつのシグナルを映したまま
閉じられるとすれば
あなたの夢は
その緑の色彩の扉から
入ってゆき

地球に
青い神の手が映っているとすれば
あなたの夢は
そのひろげられた指の
影の尖へと
抜け出るだろうか

月光にぬれた空間で
今　あなたに映っているのは
何だろう

橋

暗くなってゆく天体
お前は　向うがわの瞼
空と海のすき間から

もうぼんやり見えているにすぎぬ

貝も
二つの殻をちぢめながら
夜となる
海水を知っている

閉じ忘れられたものは
やがて
どこにもなくなる

眠たげな川の両岸に
白く　眼突ッパリしている
橋だけをのこして

Cosmos

やさしい
土壌の
代赭色となる
空に
やがて白い毛根を
ひろがらせるまでは

かたく
じぶんの
死にだけ
咲いている花が

ひかった
空気の畝《うね》に

刺してあった

蠟燭

いくど
光の衣裳をまとい
影の肉体をのばし
焦点の
瞳をとじたことか
あなたの前に

私が
ふと消えた
あとのやみに
あなただけが
さみしく澄みきって

立っておられることの
ありませぬよう

愛から死んだひとたちが

愛から死んだ
死者たちが空を
ゆふぐれにする秋に
する　暁《あかとき》にする

一秒一秒は
あらたななつかしさから
さしのべられてくる
彼らの手のふるへだ

神がかたむかせる向日葵の影をめぐり

よどみない風たちの祝ふのは
はるかな夕映の落成か

生は涯《かぎ》りなく　生はない
死は　さらに
涯なく　そして　ない

反歌

遠雲雀さらに高きへ火移すを日没はかがやかす「死こそ入口」

おまへの海は

美しかつた囚《とら》はれの夏！　苛酷な
太陽に　いかに　われらが　忍従したか
われらの善意が偽りのもので
なかつたことを　秋よ　証《あかし》してくれ

おまへの海は
いまもなほ裂けゆく帆をもつか
おまへのたましひは
肌よりもつよく焦げる香を放つか

船は夕暮れにかへる
血は　真夜なか
出港する

そして星よりも
しづかな答へは
かくされた曙のなかに在る

反歌

たてがみがもつとも昏《くら》くみゆるまで夏の地平に裸馬立てりき

あなたのながい瞼の下で

夜ふけ　あなたの瞼はおろされる
荒れた冬の平野の記憶――砕かれた星
あなたのかける柔かなヴェールを透かして
その破片が　ちひさな秘密のやうに光る

ほほゑみの方から射しこむ灯りが
遠くにまで届いてゐるから
そこでは暗い芽も　ただ
蔽ひかけられたランプに過ぎぬ

戸外はあまりに明るすぎる文明の昼だつたから
あなたのながい瞼の下で
どんなに多くのものが憩へることか

世界の思はぬ方角から　生れて
はじめて「光！」と　かすかに呼ばれるのを
待つ物らのやうにも

反歌

硝子街睫毛睫毛のまばたけりこのままにして霜は降《ふ》りこよ

虫

ふゆの光に
ゐると
すだくと
いふことばが
わかつてくる
てり

かげり
するたびに　それを
わかつてくる

そして
しまひには
そらをとほして
むかふに
たれかがをり
その手に
わたしの眼は
とぢあはされ
じつにやすらかに
まぶたをすかして
のこりのあかねがみえ
いつのまにか

あたりは
吊されたとうめいな
かごとなつてゐる

若し　あめつちから

もし
あめつちから
いかりも
ちからも
　いけにへも
　ふるへも
うしなはれてゆくとしたら

いつぽんの
　ゐぐさの穂だつて

われわれのまへに
すがたをあらはしはしないのだ

ひとりではない

ひとりではない
ひとりではない
…………と
はじめて
わからせてくれた
雪のくるまへの
ひの光よ。

くうき

あなたと

わたしのあひだの
もの一切を
とりはらひ
くうきとだけ
ゐたい

ひと日のつとめが

ひと日の
つとめが終る

ゆふぐれと
よるとの
あはひ

わたしの

もつてゐた
あのおろかな
おもさは
何になつたのだらう

石にか
ほのほへか
それとも
垣にかかつた
いちまいの羽毛のやうに
まだふるへてゐるのだらうか

ことば　かはした
ひとのむねの入口で
愚弄のかぜに　ふかれながら

手

火へ
手をかざす
やうに
ひとへ
手をさしのべたい

動物園にて

なんにもなく
ほんとになんにも
ないとかんじるものだけが
ひのふきだまりや
檻のかぜを
かいであるいてゐるのです

皿のうへの
ものには
眼もくれずに

解説　浜田到――生涯と作品

大井学

医師にして詩人また歌人であった浜田到《いたる》（※）の作品は、突然に訪れた彼の死ののち、歌友・詩友によってそれぞれ一冊ずつの歌集・詩集としてまとめられた。鹿児島で創作を続けた彼の人となりは、中央の歌壇・詩壇にはあまり知られることはなかったし、鹿児島においても限られた友人たちとの交流を除いては、特に目立ったものではなかった。むしろ地元の勤務医として静かな生活を送っていたと言ってもいいだろう。到の作品が世に広く知られるようになったのは彼の死後になったが、それは逆に、作品の力だけで読者を獲得していったということでもある。到を知るには何よりその作品を読むのが一番だが、理解の一助として、彼の生涯とその作品を概観してみよう。

※ 厳密には、浜田の姓は「まゆはま」と呼ばれる旧字体で濵田と記載されるべきである。当時の総合誌等における活字の問題もあったのだろうが、到の作品が発表される時には、到自身「浜田」または「濱田」と記載することもあった。これまで「定本」であった歌集・詩集いずれにおいても姓表記は「浜田」であることから、本稿ではその姓名を「浜田到」と記す。

1. 生涯

浜田到は、一九一八（大正七）年六月十九日、アメリカ合衆国カリフォルニア州ロサンゼルス市モニタにおいて、父謙吉・母クニの長男として生まれた。謙吉はアメリカに出稼ぎに行き、その後現地で農園を経営するにいたった。母クニは女学校を卒業後、小学校の教師をしていたという。二人の間を取り持つ人があったのだろう。当時の米国は移民を抑制しようとする時期にさしかかっていたため、クニはいわゆる「写真結婚」によってアメリカにいた謙吉に嫁ぐことになった。

到が生まれた翌年一九一九年に弟巖《いわお》が生まれている。到四歳の年、父母に伴なわれて鹿児島県国分市（現・霧島市）清水に帰省。清水には母クニの実家があった。そこで母方の祖母の家に巖とともにあずけられた。到・巖を置き、父母は再び渡米する。

その後、到は国分市清水小学校に入学。十一歳の時に、父母がアメリカから帰国したため、国分市立国分小学校に転校する。ただし母が結核を患っていたため、到・巖の兄弟は帰ってきた母と親しく暮らすということはできなかったようだ。母は家の閉め切った一室で暮らしていたという。一九三〇（昭和五）年六月十七日、母逝去。その日は到の十二歳の誕生日の二日前だった。

翌一九三一（昭和六）年、到は鹿児島県立第一中学校（現・鹿児島県立鶴丸高校）に入学。その翌年には父が再婚をするが、後添えとして入った母きいに到は馴染めなかったようだ。一九三三（昭和八）年から、通学のため、またきいとの不仲なども関係しただろうが、到は鹿児島市内の親戚宅に寄寓する。

一九三四（昭和九）年、第一中学の四年生（旧制）になった到は歌作を始める。その作品が翌一九三五（昭和十）年の歌誌「山茶花」二月号に掲載されている。「山茶花」は歌誌「潮音」から派生した「鹿児島潮音」を母胎とする。その主宰は到の学校の教師、安田尚義だった。


寝つかれぬ冬夜のおもひいつしかに亡母《はは》におよびて心さびしも

「山茶花」に発表されたこの歌を含む八首が、歌人としての浜田到の第一歩だった。一九三六（昭和十一）年に中学校を卒業。その後二年間、浪人生活を送ることになった。この間、一九三七（昭和十二）年に、生涯の伴侶となる広瀬富子と出会う。鹿児島の繁華街「天文館」の一隅で富子の両親が「寶茶寮」というパン屋兼喫茶店を営んでいた。浪人生だった到もその喫茶店に通っていたのだったﾞ（「寶茶寮」は後に鹿児島の中堅パン製造会社「宝パン」として発展し、学校給食のパンなども引き受けていたという）。

翌一九三八（昭和十三）年に到は（旧制）姫路高等学校に合格。富子との遠距離恋愛を強いられることになる。ただ、逆にその距離が二人の心を近づけたのかもしれない。一九四一（昭和十六）年に姫路高校から（旧制）岡山医科大学に進んだ後、一九四二（昭和十七）年十一月に富子と結婚。二浪していた到は既に二十四歳ではあったが、学生結婚を選択したのには双方の強い思いがあったのだろう。また同時に、戦争の影が個人の生活に抜き差しならない状態で及んできていたこともその選択に影響しているだろう。

年わかく妻に倚りにし幸ひの由緒は杳《とほ》く雪ふりてやまず

到の歌集『架橋』に収められたこの歌は、自筆でまとめられた「風茜」という歌集において、一九四三（昭和十八）年の作品として記載されている。到は結婚の翌年にこれを詠っていたのだ。

戦時下の特別政策のため、一九四四（昭和十九）年九月に到は岡山医科大学を卒業。郷里の鹿児島に戻った。鹿児島市済生会病院に勤務することになったが、直後、同年十二月に召集された。

一九四五（昭和二十）年八月、山形陸軍軍医学校に配属となっていた到は敗戦によって除隊。外地に赴くことも、戦闘に巻き込まれることもなかったのは幸運なことと言えようが、けれどそれは到の心に「生き残ってしまった」という思いを抱かせることにもなった。戦後、鹿児島の歌友を誘い、同人誌を始める際、到は「生き残ったことは不潔なような気がしもすなあ、文学でも始めもそや」と言ったという。その言葉どおり一九四七（昭和二十二）年八月、到が鹿児島の歌友達に呼びかけて立ち上げた同人誌「歌宴」が創刊された。鹿児島の歌友等との交流を深めながら、同時に到は戦後の新しい動きにも呼応する。

短歌同人誌「工人」は、一九四八（昭和二十三）年十月に、歌誌「一路」から脱退した岡部桂一郎等が「脱宗匠主義」を掲げ、結社の民主化を念頭に立ち上げたものだ。「一路」とは関わりがなかった到だったが、「工人」の発刊後、第四号（一九四九（昭和二十四）一月号）から同人として参加している。一方でこの時期（一九四九（昭和二十四）年）、到も結核に罹患し、自身が勤務する病院に入院している。「歌宴」・「工人」という同人誌活動の時期は、到の療養生活とも重なっていた（「工人」において岡部桂一郎との知遇をえた到は、「工人」終刊後も岡部の個人誌「黄」（一九五四〜五五（昭和二十九〜三十）三号にて終刊）などにも参加した）。一九五〇（昭和二十五）年八月に「歌宴」が、また一九五二（昭和二十七）の夏に「工人」がそれぞれ終刊。その間、到の作品は徐々に歌壇・詩壇に認められるようにもなった。

到の作品が評価をうけるようになったのは、まず詩だった。一九五二（昭和二十七）年七月「詩学」において「深夜の薔薇」が作品合評の対象として取り上げられ、一九五五（昭和三十）年「太陽を西へ」が懸賞作品として委員推薦の第二席で入賞する。

短歌については一九五一（昭和二十六）年八月「短歌研究」誌における「モダニズム短歌特集」において作品十首が発表され、その七年後の一九五八（昭和三十三）年六月の角川「短歌」に「星の鋲」二十首が掲載される。いずれもその編集長は中井英夫だった。中井は「塔晶夫」というペンネームのミステリー作家としても知られている。代表作として『虚無への供物』などがあるが、総合誌「短歌研究」、角川「短歌」の編集長を務め、戦後短歌の牽引役でもあった。春日井建や村木道彦など、戦後短歌史に残る歌人を編集の立場から支えたが、同様に到が歌壇に認知される立役者でもあった。

到が中井に認められることになったのは、角川短歌賞への応募がきっかけだった。「星の鋲」は角川賞への応募作品を「依頼作品」の扱いとして掲載されたものだった。

「星の鋲」が発表された翌年一九五九（昭和三十四）年には、角川「短歌」に「架橋」六十首、「硝子街」三十首、「瞼」三十首、「陰画」十五首が発表される。それまで到が書き溜めていた歌稿をもとに中井英夫が選択・構成したものを中心に、新作も加えて作られたものだった。

この時期、歌壇において塚本邦雄・岡井隆らを中心とした「前衛短歌」が展開されており、到の作品もその一翼を担うものとして受容されていくことになった。歌壇・詩壇における活動ののち、作品発表は次第に少なくなっていった。

一九六八（昭和四十三）年四月三十日。到の死は唐突に訪れた。往診先で酒を振る舞われ、帰途、自転車で転倒。深さ一メートルの側溝に落ち、頭の骨を折った。翌朝、新聞配達の少年が儚くなった到を発見したという。

生前に発表された短歌・詩はそれぞれ

『架橋　浜田到歌集』白玉書房　一九六九（昭和四十四）年十月三十日刊
『浜田遺太郎詩集』昭森社　一九七一（昭和四十六）年四月二十日刊
として編纂、上梓された。

2.　短歌作品について

到の短歌を集めた『架橋』は「歌宴」を通じて交流のあった鹿児島の歌友達が選歌、編集している。その編集方針は「後記」に記載されている通りだが、作品の書き出しなど、細々とした作業は、もちろん富子夫人によるものだ。

一点留意するならば、歌集に収載された作品は発表の逆順になっていることである。「由緒」二十七首、「円の影」一一三首は到の初期作品であり、歌集冒頭の「歌」（詩＋反歌一首）は、到が生前に発表した最後の作品である。

わが指のうすき影だに朝風の蟻の心をひとりにするか
朝風の蟻を殺してひとりなり　よごれし空の下に目をとづ
年わかく妻に倚りにし幸ひの由緒は杳《とほ》く雪ふりてやまず

「由緒」に収載されている歌から引いた。「朝風の蟻」二首は、一九三七（昭和十二）年八月の「山茶花」に掲載された作品。到十九歳の頃。「朝風の」という言葉がまるで「蟻」にかかる枕詞ででもあるかのように使われているのが特徴的だ。一方、観念的とも思われる「死」への想念は、このころから到の詩歌にとっての重要なモチーフとなっていたということが理解できる。「年わかく」の歌は、先に触れた通り到の個人史に根ざした作品だ。

到の短歌において特徴的なのは、その独特の韻律である。句割れ、句跨り、字余り、字足らずの歌が散見される。塚本邦雄は、到の後年の作品を「殊更めいた破調」、「短歌的韻律音痴だつたのかと、一瞬疑ひたくなる」と批判するが、そうした韻律の作り方は、一つのモチーフを繰り返し作品化し、彫琢していた到にとっては、必然的な破調だったのだろう。

麥燒かるるに少年の鼻となり往診すこの貧しき宙に　〈神を試みるな〉
麥燒くる香り仄かにただよへば幼になりて吾れ汽車を待つ

「麥燒き」という同じモチーフによる到の歌。先の歌は一九五八（昭和三十三）

年六月の角川「短歌」に掲載された「星の鋲」の中に収められている。後の歌は一九三五（昭和十）年「山茶花」八月号に掲載された歌。つまり到は「麦焼き」のモチーフを二十年以上かけて展開し、作品化したのである。「山茶花」掲載の歌を補助線として「星の鋲」の歌を解釈すれば、「麦焼き」の香りは到にとって少年時代を懐かしく思い出させるものであり、故郷の匂いでもあったということがわかる。汽車を待っていた少年は、往診する医師となり、「神を試みるな」という言葉を胸の中に反芻しているが、その根幹としての人間は同じ一人なのだ。この二つの歌において韻律が大きく変わっている点をみれば、到の破調が詩的モチーフを展開するための一つの方法だったということが理解できるだろう。

銃音も昏れてしまへるそら夜の鳥をたかきにたもつときさみしからまし
霧ふかき山にひびきし銃音につかれし心張るぞうれしき

同じく「銃音」をモチーフにした歌である。先の歌は一九六六（昭和四十一）年の『現代短歌66』に発表された「歌」と題された作品の反歌。『架橋』の冒頭に収められた「歌」は詩に「反歌」一首が付される。生前に到が発表した最後の短歌となった。一方、後の歌は到が短歌を始め、最初に「山茶花」に掲載された八首のうちの一首。作歌人生の最初と最後に「銃音」のモチーフが響く。霧深い山に響く銃の音。晩秋から冬にかけての山鳥の狩りの時期だろうか。疲れた心が、一発の銃音によって回復した少年の頃。比べて先の歌は人生の深みを湛える。韻律は大きく乱れ、短歌というよりも「短詩」と言ったほうがよい。「夜の鳥」は字義に応じて「夜に空を飛んでいる鳥」と解釈して問題はないが、「銃音」によって消えた「鳥の命」と理解することもできるだろう。すでに銃音は聞こえない夜、鳥の命が空たかくに飛翔している。

到の破調は、みずからが表現しようとするもののために選び取られた独自の韻律だったということが、この二首の改作過程からも理解できるだろう。

『架橋』は刊行の後、短歌の世界に大きな影響を与えた。馬場あき子や尾崎左永子ら、同時代の歌人達にその作品が愛され、その後、国文社の現代歌人文庫に『浜田到歌集』として収められたことで、現代の若手歌人にも受け容れられることとなった。

3. 詩

到は詩を発表する際には「遺太郎」というペンネームを使ったが、到・遺太郎の名の違いとは別に、短歌におけるモチーフ展開と同様の手法を、詩においても試みている。例えば母、少女、蝶、鳥などの言葉やイメージは繰り返し作品化されていることが、一読して理解できるだろう。

ゆふひ、空を射すとき透く家に絲繰る音母を巻きをり
はなひらより櫻散りはじむ人つねに微笑より気化、さいはてに向き
瞳《め》のみとなり病みゐし少女永眠《ねむ》るべく瞳を閉ざしたる夜を歸るも

短歌形式でこのように作品化されたものが、次の詩になっていることは誰しも気づくだろう。

記憶の始源に
紡車の一筋の音が

母自身を巻くのを聴く
（略）
母は更にひつそりと身を削る
或いはゆたかに微笑より気化
夜半ひかる繭屑を
風に散らす
（略）
記憶の最終まで
紡車の一筋の音が
沈黙を巻き続けるのを聴く

病みに病み　すでに瞳《め》のみとなったあなたが
永眠《ねむ》るべくいまわの瞳を閉じようとした時
あなたの最期の息が
地平の果てまで吸いこまれ

「隠者」より一部抜粋

やがて　かすかな風を吹きかえすまでの
ながいながい時間が
まこと　ひとすじの
瀕死の期待を
つくるのをぼくは見たのだから……

「わかれに」最終聯

死にゆく母、少女、また死にゆくものとしての人間が、短歌・詩それぞれの作品において通じ合いながら、「死」というものの想念として描かれる。短歌には短歌形式がゆえの焦点がうまれ、詩においては短歌で表現しきれない領域に踏み込むことが可能となっている。短歌においては「絲繰る音」が「母を巻きをり」という時間的継続への言及にとどまるが、詩においては「紡車の一筋の音」が「母自身を巻くのを聴く」状態から、最終的に「沈黙を巻き続ける」に変化する。すなわち「母」が「沈黙」へ遷化したのであり、同時に、この作品の背後にいる〈わたし〉の記憶の始原から最終まで、繭化していく母が聴こえているのだ。こうした「時間」の扱い方の違いは、「永眠《ねむ》る少女」の短歌・詩それぞれの違いにも同じように現れている。

こうした「死」の作品化は、到の個人史における実母の死が大きく影響しているであろうことが容易に推測できる。同時に医師として患者の死に向き合うことになったことが影響していることも想像に難くない。具体的な死のありさまや、社会的な状況などは捨象され、死とその後にも継続する時間を含めて「人の死」を捉えているのが特徴的である。

また、遺された大学ノートから選ばれた作品は到その人の肉声がそのまま書き留められたかのようでもあり、人間的な魅力を見せる。「ひと日のつとめが」や「夕日の時」のような作品からは、仕事を終え、詩人へと帰る到の心が描き出されているようにも思う。

到の作品は、短歌・詩いずれにおいても彼が傾倒したライナー・マリア・リルケ（一八七五〜一九二六）の影響が見られる。薔薇や少女というモチーフについてもそれを指摘することができるだろうし、何より短歌のエピグラムにリルケの詩句を引用するなど、詩想の連携性を提示してもいる。今後、到＝遺太郎の詩が広く読まれるに応じて、詳細に研究されるだろうことを心待ちにしている。

年譜

大正七年（一九一八）

六月十九日アメリカ、カリフォルニア州、ロサンゼルス市、モニタにおいて農園経営の父謙吉、母クニの長男として生る。

大正八年（一九一九）　一歳

弟巌生る。

大正十一年（一九二二）　四歳

父母にともなわれて鹿児島県国分市清水に帰省、翌年、母方祖母の家に到、巌をあずけて父母は再び渡米。

大正十四年（一九二五）　七歳

国分市清水小学校に入学。

昭和四年（一九二九）　十一歳

母病のため、父母米国より国分市に帰国。

昭和五年（一九三〇）　十二歳

国分市国分小学校に転校。母死亡（三十六歳）。

昭和六年（一九三一）　十三歳

三月国分小学校卒業。四月鹿児島県立第一中学校入学。

昭和七年（一九三二）　十四歳

後添え母（きい）きたる。

昭和八年（一九三三）　十五歳

鹿児島市の親戚伊達医院に寄寓。

昭和九年（一九三四）　十六歳

歌作をはじむ。
昭和十年（一九三五）　十七歳
鹿児島で発行されていた潮音系短歌雑誌「山茶花」安田尚義（県立一中教諭）主宰にはじめて短歌作品を発表し、異色ある作品として注目される。
昭和十一年（一九三六）　十八歳
県立一中卒業。
昭和十二年（一九三七）　十九歳
三月弟巖満鉄に入社す。八月広瀬富子（十七歳）を知る。
昭和十三年（一九三八）　二十歳
三月姫路高等学校入学。
昭和十六年（一九四一）　二十三歳
三月姫路高等学校卒業。四月岡山医科大学入学。
昭和十七年（一九四二）　二十四歳
十一月広瀬富子と結婚。岡山市浜蓬来町に住む。
昭和十九年（一九四四）　二十六歳
九月岡山医科大学卒業。十月鹿児島市済生会病院勤務。十二月応召。鹿児島四十五聯隊入隊。
昭和二十年（一九四五）　二十七歳
八月山形陸軍軍医学校において終戦をむかえ除隊。
昭和二十一年（一九四六）　二十八歳
一月鹿児島県国分市谷口医院に勤務。
昭和二十二年（一九四七）　二十九歳
八月国分市浜田宅において「歌宴」同人と初めて会合、ガリ判にて創刊号を発行する。十一月谷口医院を退職し、鹿児島市済生会病院武町分院に勤務。内科専任。妻富子の実家、鹿児島市山之口町に同居する。

昭和二十四年（一九四九）　三十一歳

胸部疾患にて済生会鹿児島病院に入院、三カ月後に退院。「歌宴」はようやくプリント判になり、井上岩夫氏の「やじろべ工房」から出版した。主要同人は浜田到、東田喜隆、岡元健一郎、宮原正徳などである。後に竹下千束、青山恵真が参加した。「工人」山形義雄主宰に作品を発表する。

昭和二十五年（一九五〇）　三十二歳

「歌宴」は八月、二巻四号で終刊。

昭和二十六年（一九五一）　三十三歳

「短歌研究」八月号、モダニズム短歌特集に塚本邦雄などと共に作品「微光する夜に」十首を発表。

昭和二十七年（一九五二）　三十四歳

「詩学」七月号に詩作品「深夜の薔薇」を発表。

昭和二十九年（一九五四）　三十六歳

「黄」岡部桂一郎編集に短歌作品を発表。

昭和三十年（一九五五）　三十七歳

「詩学」四月号懸賞作品に詩作品「太陽を西へ」を浜田遺太郎の筆名で発表。二席に推薦される。

昭和三十三年（一九五八）　四十歳

「短歌」六月号に新鋭作品として「星の鋲」二十首を発表。

昭和三十四年（一九五九）　四十一歳

「短歌」編集者、中井英夫氏の奨めにより、歌作品を同誌六月号に「架橋」六十首をはじめとして、八、十、十二月号に計百三十五首を連載。

昭和三十五年（一九六〇）　四十二歳
「短歌」六、十一月号に六十首。「極」に二十首を発表。新鋭歌集（創元社）に九十首を掲載。詩作品は「詩学」「詩学年鑑」に掲載され、作品活動は最も活潑である。

昭和三十六年（一九六一）　四十三歳
歌作品を「律」「短歌研究」「短歌」に発表。

昭和三十七年（一九六二）　四十四歳
「短歌」十月号に作品「光の繭」三十首を発表。鹿児島市武町に自宅を新築し移住。

昭和三十八年（一九六三）　四十五年
「短歌」十一月号に作品「薔薇失神」三十首を発表。

昭和三十九年（一九六四）　四十六歳
「詩学」八月号に作品「わかれ」を発表。

昭和四十一年（一九六六）　四十七歳
「現代短歌66」東京歌人集会発行に作品「歌」一首を発表。

昭和四十三年（一九六八）　四十九歳
四月三十日午後十一時自宅よりの往診の帰路で事故死。

後　記

『架橋』後記（白玉書房版）

浜田到の短歌作品は制作の時期を大別すると次のように区分される。

1　初期作品

昭和八年より二十一年迄。昭和八年に潮音系の歌誌「山茶花」に断続的に数十首を発表した。その他は未発表が多く大学ノートに書きしるされている。

2　「歌宴」「工人」「黄」発表作品

昭和二十二年八月より昭和三十年迄。「歌宴」は東田喜隆、岡元健一郎、宮原正徳らと共に鹿児島より発刊され、「工人」は山形義雄、「黄」は岡部桂一郎を編集兼発行人とする。この三誌に於ける作品活動は時期的に重複はあってもほぼ前掲の順である。

3　「短歌研究」「短歌」「律」「極」発表作品

「短歌研究」には昭和二十六年八月「微光する夜に」十首、三十六年八月「憐憫詩篇」五首を発表したのみであるが、「短歌」は昭和三十三年六月「星の銀」二十首を皮切りとして十一回にわたって三六五首を発表した。これは中井英夫氏の懇切なるすすめと励ましに負うところが多く、これを地盤として「律」「極」の塚本邦雄、岡井隆のグループとの活動が始まっている。

私達は、1の初期未発表の作品と2の同人誌発表の作品と、3の綜合誌発表の作品とを読み返し、彼の没後、一ヶ月を経て次の編集方針を決定した。

一、歌集のための作品の抜書は、最近のものより古いものへさかのぼる。後期の作品が最もよく編集されている点より、先ず3の綜合誌及び「律」「極」に発表されたものはそのまま序列を崩さず書抜いた。この中でダブッているものは、早い時期のものを取り、後をはぶいた。

二、次に「歌宴」「工人」「黄」のなかから綜合誌に発表したものをはぶいた。そしてこの中でダブッているものは早く発表したものを残した。

三、初期の作品からは一、二、をはぶいた。ただし全体を通じて作者が改作した作品は、改作したあとの作品を改作して発表した時期にとり入れた。

四、第一部の「架橋」の部は題とともにそのまま、綜合誌、主として「短歌」に発表されたものである。第二部の「円の影」の部は同人誌に発表されたものであり、第三部の「由緒」の部は初期の作品である。作品の収録にあたっては、綜合誌発表のものはすべて入れ、個人誌発表のものと、初期作品については、歌集の頁数の関係で割愛したものもかなりある。

五、編集に際して以上の作品を旧かな使いもしくは新かな使いに統一すべきか及び使用漢字の点が問題となったが、結論として原作そのままを収録することとした。編者の小主観によって原作の持味を殺す場合をおそれた為である。例えば作品中初期の「由緒」「円の影」は新かな使いであるが、「架橋」になるとはっきりと旧仮名使いを使用している。（補註1）

六、収録した散文の「血と樹液」は、昭和三十五年二月の「詩学」に発表されたもので、彼の詩と短歌の関係が語られているので、この歌集にいれた。「神の果実」は昭和三十四年六月の「短歌」誌上に発表の「架橋」六十首に附せられた「メタフィジカル短歌のために」と題するエッセイである。「隠者の暁」は没後、発見されたノートを夫人の許可を得て収録したもので、彼の生活と歌のつながりがそのまま いたいたしい迄つたわってくる。

七、この歌集の刊行は浜田到の突然の死去の直後に、旧「歌宴」同人と夫人によって企画された。没後一年有余を経過したがようやく出版のはこびに至ったことは同慶にたえない。資料の収集、整理、原稿の浄写などについては夫人の労に負うところが大きかった。

八、口絵の著者写真は夫人の令弟、広瀬正二氏が昭和三十六年、夫人の実家が経営されていた茶房で撮影したものである。中扉のデッサンは「独立美術協会々員」所属の前畑省三氏の好意によって特に頂いたものである。(補註2)

九、この歌集の刊行にあたっては鹿児島在住の詩人で故人の知友であった井上岩夫氏から数々の懇切な助言をいただいたことに深甚の謝意を表します。また、歌集の装釘、出版について万般を白玉書房、鎌田敬止氏のお世話になったことを記して併せて深甚の謝意を表します。

なお、この歌集に続いて井上岩夫氏らによって筆名、浜田遺太郎の詩集が出版される計画がすすめられている。併せて読んで頂ければ幸である。

昭和四十四年八月一〇日

編集同人
東田喜隆　岡元健一郎
宮原正徳　竹下千束
青山恵真

『浜田遺太郎詩集』後記（昭森社版）

浜田遺太郎がこういう形で作品を世に残すことを考えたことがあったかどうか知らない。

どういう形であれ、遺太郎の作品群は生き残るであろうし、それなら生き残るにふさわしい装いを、とり残された者共の手で整えねばならない。

未亡人を中心に、児玉達雄、羽島さち、井上岩夫がおりおり話し合い、歌集『架橋』出版後半歳にして漸く詩集は出版の事務的段階に持ちこまれた。たまたま帰郷中の黒田三郎氏にこの企画を明かし、協力をお願いしたところ、編集・装幀等への助言はもとより、昭森社との事務的折衝一切を引き受けてくださった。氏の協力がなければ、この詩集は別の形で、もっと遅れて世に出ることになったに違いない。月並な謝辞では尽くせない思いである。

編集の骨組は、詩稿第17浜田遺太郎特集号（補註3）で、児玉達雄が示した方針を踏襲した。即ち作品「Ⅰ」は生前どこか（主に「詩学」）に発表した作品、「Ⅱ」は遺された五冊の大学ノートの中で比較的整理された一冊から、「Ⅲ」は残りの四冊から、夫々完結したものと思われる作品を選んだ。

これら作品群の他に「神の果実」「血と樹液」「隠者の暁」等、アフォリズム風のエッセイがあるが、これらは浜田到の本名で出した前著『架橋』に収められているので、併せ読まれることをお願いする。

尚、作品のカナ使いは新旧いりまじっているが発表当時の原文のままとした（補註1）。

故人の年譜も『架橋』に詳しいので、ここでは再録を避けた。

最後になったが、『架橋』に続いてこの詩集に二枚のデッサンを下さった前畑省三氏に厚くお礼を申し上げる（補註2）。

補註

1　本文庫版における「かな」の扱いについては凡例参照。なお、角川「短歌」における「架橋」発表にあたっては、到本人による記載もさることながら、「短歌」編集における「かな」統一が影響している。

2　本文庫版『浜田到作品集』には未収載。

3　「詩稿」とは、児玉達雄を編集人とし、井上岩夫が印刷・発行を担った、鹿児島で発行されていた詩誌。その17号は「浜田遺太郎特集号」となった。

浜田到作品集

初版発行日　二〇二五年二月一日
著　者　浜田　到
定　価　二二〇〇円
発行者　永田　淳
発行所　青磁社
京都市北区上賀茂豊田町四〇―一（〒六〇三―八〇四五）
電話　〇七五―七〇五―二八三八
振替　〇〇九四〇―二―一二四二二四
https://seijisya.com
装　幀　濱崎実幸
印刷・製本　創栄図書印刷

ISBN978-4-86198-616-1 C0092 ¥2200E